破晓——经典作品诵读

主　编　高　洋
副主编　李　爽　阮姗姗　钟成浩

中国传媒大学出版社
·北京·

图书在版编目（CIP）数据

破晓：经典作品诵读/高洋主编.-- 北京：中国传媒大学出版社，2024.6.
ISBN 978-7-5657-3662-9

Ⅰ.I11

中国国家版本馆CIP数据核字第20248CJ697号

破晓：经典作品诵读
POXIAO:JINGDIAN ZUOPIN SONGDU

主　　编	高　洋
策划编辑	温晓芳
责任编辑	温晓芳
封面设计	杨　楠
责任印制	李志鹏

出版发行	中国传媒大学出版社			
社　　址	北京市朝阳区定福庄东街1号		邮　编	100024
电　　话	86-10-65450528　65450532		传　真	65779405
网　　址	http://cucp.cuc.edu.cn			
经　　销	全国新华书店			
印　　刷	廊坊市广阳区九洲印刷厂			
开　　本	787mm×1092mm　1/16			
印　　张	9.75			
字　　数	165千字			
版　　次	2024年6月第1版			
印　　次	2024年6月第1次印刷			
书　　号	ISBN 978-7-5657-3662-9/I·3662		定　价	39.80元

本社法律顾问：北京嘉润律师事务所　郭建平

前言
PREFACE

　　党的二十大报告指出,要"深化全民阅读活动"。经典文学作品是人类文化的瑰宝、思想的光辉。一代代经典文学作品薪火相传、历久弥新、经久不衰,成为人类文化的高地,也记载着一个民族基因中的哲思和智慧。

　　诵读经典,善莫大焉。诵读经典,我们能从经典中体悟"修身、齐家、治国、平天下"的道理,培养博大宽厚的气度,激励奋发向上的精神,进而"活"出生命的深度和高度。诵读经典,让经典始终引领我们的精神,让经典永葆青春、永不褪色,让文化之"根"生根发芽,让文化之"魂"提高民族人文素养、丰富民族文化底蕴,播下民族精神的"种子"。

　　青少年阶段是人生的"拔节孕穗期",最需要精心引导和栽培。本书以"破晓"为名,意在说明诵读的最佳时光在清晨,又寓为诵读能使人明晓道理,破解人生疑惑。青少年将经典熟读成诵,感受语言魅力,积累语言材料,了解多种语言表达方式,可以帮助其运用语言文字准确地表达自己的观点,抒发自己的感情,从而提升语言能力。

　　本书共分七个主题,涉及理想信念、家国情怀、民族风采、哲学思想、人间真情、科学创新、职业规划,内容涉猎古今中外经典诗文和贴近现代生活的美文。全书思想健康向上,文字辞美意达,读之朗朗上口。

　　本书在编写过程中参阅了大量的书籍和文献,在此向各位作者表示衷心的感谢。由于编者水平有限,书中如有不足之处,敬请广大专家、读者批评指正。

编　者

目录 CONTENTS

主题一 培根铸魂·筑牢信仰之基

- 可爱的中国（节选）……………………方志敏 3
- 少年行………………………………蔡和森 6
- 鹰之歌………………………………丽尼 8
- 别了，哥哥…………………………殷夫 12
- 海燕………………【苏联】高尔基 / 瞿秋白 译 15
- 红烛…………………………………闻一多 18
- 艰难的国运与雄健的国民……………李大钊 22

主题二 胸怀天下·凝聚奋进力量

- 从军行二首……………………【唐】李白 27
- 破阵子·四十年来家国…………【五代】李煜 29
- 正气歌………………………【宋】文天祥 31
- 夏日绝句……………………【宋】李清照 34
- 岳阳楼记……………………【宋】范仲淹 36
- 少年中国说（节选）……………梁启超 39
- 赴戍登程口占示家人二首………【清】林则徐 42

主题三 赏民族风·铸共同体意识

- 敕勒歌 …………………………… 【南北朝】佚名 47
- 陇头歌辞 ………………………… 【南北朝】佚名 49
- 格吉杂松章（节选）……………………… 佚名 51
- 给岁月的答复 ………………… 黎·穆塔里甫 53
- 伟大的祖国 ……………………… 尼米希依提 56
- 浣溪沙·火树银花不夜天 ……………… 柳亚子 59
- 沙原，我的故乡 ……………… 纳·赛音朝克图 61

主题四 寄情山水·体悟人生哲理

- 春江花月夜 …………………… 【唐】张若虚 67
- 赤壁赋 ………………………… 【宋】苏轼 69
- 游褒禅山记 …………………… 【宋】王安石 72
- 秋声赋 ………………………… 【宋】欧阳修 75
- 洞庭游记序 …………………… 【明】文震孟 77
- 登泰山记 ……………………… 【清】姚鼐 79
- 黄州快哉亭记 ………………… 【宋】苏辙 81

主题五 漫步时光·细品人间真情

- 陈情表 ………………………… 【西晋】李密 87
- 西洲曲 ………………………… 【南北朝】佚名 89
- 送王大昌龄赴江宁 …………… 【唐】岑参 91
- 江夏别宋之悌 ………………… 【唐】李白 93
- 鹊桥仙·纤云弄巧 …………… 【宋】秦观 95
- 背影 ……………………………………… 朱自清 97
- 感情的碎片 ……………………………… 萧红 100

主题六 崇尚科学·培养创新意识

梦溪笔谈·雁荡山	【宋】沈括	105
观书有感·其一	【宋】朱熹	107
己亥杂诗·其五	【清】龚自珍	109
论诗五首·其二	【清】赵翼	111
冬官考工记·总叙（节选）	【西周】周公	113
读书有三到	【宋】朱熹	115
天工开物·序	【明】宋应星	117

主题七 发展人格·规划职业生涯

师说	【唐】韩愈	123
敬业与乐业	梁启超	125
职业	【印度】泰戈尔/郑振铎 译	129
习惯成自然	叶圣陶	131
青年在选择职业时的考虑	【德】马克思/中共中央编译局 译	134
题弟侄书堂	【唐】杜荀鹤	140
傅雷家书（节选）	傅雷	142

参考文献……………………………………147

主题一

培根铸魂 筑牢信仰之基

 主题导读

　　周恩来同志曾说:"理想是需要的,是我们前进的方向。现实有理想的指导才有前途;反过来,也必须从现实的努力奋斗中才能实现理想。"作为新时代的学生,自然要以坚定的理想和执着的信念作为指引,摆正自己的位置,不仅要在日常生活中奋勇当先,还要在逆境中学会生存、在顺境中学会生活,从而做到有志者事竟成。

 思政小课堂

　　党的二十大报告指出,"我们不断厚植现代化的物质基础,不断夯实人民幸福生活的物质条件,同时大力发展社会主义先进文化,加强理想信念教育,传承中华文明,促进物的全面丰富和人的全面发展"。理想信念对一个人的成长和成功有着重要作用,它为人们提供一个明确的方向,帮助人们在复杂多变的世界中保持前进的动力。

可爱的中国(节选)

方志敏

背景介绍

《可爱的中国》是方志敏的著名散文,也是他的遗著,1935年写于狱中。本文中,作者以亲身经历概括了中国从五四运动到第二次国内革命战争以来的悲惨历史,愤怒地控诉了帝国主义肆意欺侮中国人民的种种罪行。作者坚信中华民族必能从战斗中获救,描绘出革命后祖国未来的美好、幸福的景象,表现出强烈的民族自信心和爱国主义精神。

诵读示范

朋友,从崩溃毁灭中,救出中国来,从帝国主义恶魔生吞活剥下,救出我们垂死的母亲来,这是刻不容缓的了。但是,到底怎样去救呢?是不是由我们同胞中,选出几个最会做文章的人,写上一篇十分娓娓[1]动听的文告或书信,去劝告那些恶魔停止侵略呢?还是挑选几个最会演说、最长于外交辞令[2]的人,去向他们游说,说动他们的良心,自动地放下屠刀不再宰割中国呢?抑或挑选一些顶善哭泣的人,组成哭泣团,到他们面前去,长跪不起,哭个七日七夜,哭动他们的慈心,从中国撒手回去呢?再或者……我想不讲了,这些都不会丝毫有效的。哀求帝国主义不侵略和灭亡中国,那岂不等于哀求老虎不吃肉?那是再可笑也没有了。

我想，欲求中国民族的独立解放，绝不是哀告[3]、跪求哭泣所能济事，而是唤起全国民众起来斗争，都手执武器，去与帝国主义进行神圣的民族革命战争，将他们打出中国去，这才是中国唯一的出路，也是我们救母亲的唯一方法，朋友，你们说对不对呢？

不错，目前的中国，固然是江山破碎，国弊民穷，但谁能断言，中国没有一个光明的前途呢？不，决不会的，我们相信，中国一定有个可赞美的光明前途。中国民族在很早以前，就造起了一座万里长城和开凿了几千里的运河，这就证明中国民族伟大无比的创造力！中国在战斗之中一旦斩去了帝国主义的锁链，肃清[4]自己阵线内的汉奸卖国贼，得到了自由与解放，这种创造力，将会无限地发挥出来。到那时，中国的面貌将会被我们改造一新。所有贫穷和灾荒，混乱和仇杀，饥饿和寒冷，疾病和瘟疫，迷信和愚昧，以及那慢性的杀灭中国民族的鸦片毒物，这些等等都是帝国主义带给我们可憎的赠品，将来也要随着帝国主义的赶走而离去中国了。朋友，我相信，到那时，到处都是活跃的创造，到处都是日新月异的进步，欢歌将代替了悲叹，笑脸将代替了哭脸，富裕将代替了贫穷，康健将代替了疾病，智慧将代替了愚昧，友爱将代替了仇杀，生之快乐将代替了死之悲哀，明媚的花园将代替了暗淡的荒地！这时，我们民族就可以无愧色地立在人类的面前，而生育我们的母亲，也会最美丽地装饰起来，与世界上各位母亲平等地携手[5]了。

这么光荣的一天，决不在辽远的将来，而在很近的将来，我们可以这样相信的，朋友！

啊！我虽然不能实际地为中国奋斗，为中国民族奋斗，但我的心总是日夜祷祝着中国民族在帝国主义羁绊之下解放出来之早日成功！假如我还能生存，那我生存一天就要为中国呼喊一天；假如我不能生存——死了，我流血的地

小贴士

【1】娓娓：勤勉不倦的样子，常用来形容谈论不倦。

【2】外交辞令：适合于外交场合的话语。

【3】哀告：苦苦央求。

【4】肃清：完全清除。

【5】携手：手拉着手。

【6】瘗：埋葬，埋藏。

方，或者我瘗（yì）[6]骨的地方，或许会长出一朵可爱的花来，这朵花你们就看作是我的精诚的寄托吧！在微风的吹拂中，如果那朵花是上下点头，那就可视为我对于为中国民族解放奋斗的爱国志士们在致以热诚的敬礼；如果那朵花是左右摇摆，那就可视为我在提劲儿唱着革命之歌，鼓励战士们前进啦！

作品赏析

《可爱的中国》是方志敏创作的一篇自传体散文，作者以给朋友写信的形式，自述了一个共产党员如何拿自己的整个生命为国、为民而战斗，表达了作者强烈的爱国主义思想。《可爱的中国》鼓舞灾难中的中国人民要爱护中国、拯救中国，是一篇非常真实、优美且有力量的文学作品。

少年行

蔡和森

背景介绍

1918年，作者和毛泽东等人在长沙创立了"新民学会"，而他们的老师杨昌济先生已在北京大学任教，他写信给毛泽东，告诉他有人发起赴法勤工俭学的消息。毛泽东主张利用这一机会，了解俄国和欧洲革命的真实情况，因此和蔡和森一起在长沙倡导和组织赴法勤工俭学，并经在长沙的"新民学会"会员共同讨论，提议由蔡和森先去北京了解情况。1918年6月，蔡和森离开长沙赴北京，坐木船途经洞庭湖时，正逢风雨大作，因此有感而发，即兴写下了这首诗。

诵读示范

大陆龙蛇起[1]，乾坤一少年。
乡国骚扰尽，风雨送征船。
世乱吾自治[2]，为学志转坚。
从师万里外，访友人文渊。
匡复有吾在，与人撑巨艰[3]。
忠诚印寸心，浩然充两间。
虽无鲁阳戈[4]，庶几挽狂澜。
凭舟衡国变[5]，意志鼓黎元。
潭州蔚人望，洞庭证源泉。

小贴士

【1】大陆龙蛇起：指当时国内各种派系的政治力量正展开激烈斗争。

【2】世乱吾自治：上承风雨句，犹《诗经·郑风·风雨》篇中所说"风雨如晦，鸡鸣不已"，言国内的政局虽然混乱，但我自是清醒地从事革命工作。

【3】与人撑巨艰：言与同志共同担负革命的艰巨任务。

【4】虽无鲁阳戈：《淮南子》记载，鲁阳公与韩国军队作战，到太阳落山时，他用戈一挥，太阳倒退了三舍（一舍为三十里）。后人用鲁阳挥戈来指使敌人倒退。此句是言自己没有掌握军权。

【5】衡国变：衡量国内的变乱。

作品赏析

《少年行》热情洋溢、慷慨激昂，描写清晰、层层递进，从时代背景，到少年远行的原因和目的，再到少年的抱负和志向，叙事与抒情相结合，塑造了一位热血少年的形象。本诗也是五四时期以"新民学会"为代表的湖南革命青少年群像的生动写照。

鹰 之 歌

丽尼

🫖 背景介绍

　　本文写于1934年，是一篇忆念南方黄昏的抒情散文，也是一首颂扬革命女友的诗。作者在青年时代有一位相伴三年的女友，她投身于反抗腐败势力和挽救国家危亡的火热斗争中，结果却惨遭反动派杀害。丽尼对这位坚强的女性，爱之深沉，铭志不忘，于是，他借助鹰的形象，歌颂她反抗黑暗、追求光明、英勇献身的可贵品格和崇高精神。

诵读示范

　　黄昏是美丽的。我忆念着那南方的黄昏。

　　晚霞如同一片赤红的落叶坠到铺着黄尘的地上，斜阳之下的山岗变成了暗紫，好像是云海之中的礁石。

　　南方是遥远的；南方的黄昏是美丽的。

　　有一轮红日沐浴着在大海之彼岸；有欢笑着的海水送着夕归的渔船。

　　南方，遥远而美丽的！

　　南方是有着榕树的地方，榕树永远是垂着长须，如同一个老人安静地站立，在夕暮之中作着冗长[1]的低语，而将千百年的过去都埋在幻想里了。

晚天是赤红的。公园如同一个废墟。鹰在赤红的天空之中盘旋，作出短促而悠远的歌唱，嘹唳[2]地，清脆地。

鹰是我所爱的。它有着两个强健的翅膀。

鹰的歌声是嘹唳而清脆的，如同一个巨人的口在远天吹出了口哨。而当这口哨一响着的时候，我就忘却我的忧愁而感觉兴奋了。

我有过一个忧愁的故事。每一个年轻的人都会有一个忧愁的故事。

南方是有着太阳和热和火焰的地方。而且，那时，我比现在年轻。

那些年头！啊，那是热情的年头！我们之中，像我们这样大的年纪的人，在那样的年代，谁不曾有过热情的如同火焰一般的生活！谁不曾愿意把生命当作一把柴薪，来加强这正在燃烧的火焰！有一团火焰给人们点燃了，那么美丽地发着光辉，吸引着我们，使我们抛弃了一切其他的希望与幻想，而专一地投身到这火焰中来。

然而，希望，它有时比火星还容易熄灭。对于一个年轻人，只须一个刹那，一整个世界就会从光明变成了黑暗。

我们曾经说过："在火焰之中锻炼着自己"；我们曾经感觉过一切旧的渣滓都会被铲除，而由废墟之中会生长出新的生命，而且相信这一切都是不久就会成就的。

然而，当火焰苦闷地窒息于潮湿的柴草，只有浓烟可以见到的时候，一刹那间，一整个世界就变成黑暗了。

我坐在已经成了废墟的公园看着赤红的晚霞，听着嘹唳而清脆的鹰歌，然而我却如同一个没有路走的孩子，凄然地流下眼泪来了。

"一整个世界变成了黑暗，新的希望是一个艰难的生产。"

鹰在天空之中飞翔着了，伸展着两个翅膀，倾侧着，回旋着，作出了短促而悠远的歌声，如同一个信号。我凝望着鹰，想从它的歌声里听出一个珍贵的消息。

"你凝望着鹰吗？"她问。

"是的，我望着鹰。"我回答。

她是我的同伴，是我三年来的一个伴侣。

"鹰真好，"她沉思地说了，"你可爱鹰？"

"我爱鹰的。"

"鹰是可爱的。鹰有两个强健的翅膀，会飞，飞得高，飞得远，能在黎明里飞，也能在黑夜里飞。你知道鹰是怎样在黑夜里飞的吗？是像这样飞的，你瞧！"说着，她展开了两只修长的手臂，旋舞一般地飞着了，是飞得那么天真，飞得那么热情，使她的脸面也现出了夕阳一般的霞彩。

我欢乐地笑了，而感觉了兴奋。

然而，有一次夜晚，这年轻的鹰飞了出去，就没有再看见她飞了回来，一个月以后，在一个黎明，我在那已经成了废墟的公园之中发现了她的被六个枪弹贯穿了的身体，如同一只被猎人从赤红的天空击落了下来的鹰雏，披散了毛发在那里躺着了。那正是她为我展开了手臂而热情地飞过的一块地方。

我忘却了忧愁，而变得在黑暗里感觉兴奋了。

南方是遥远的，但我忆念着那南方的黄昏。

南方是有着鹰歌唱的地方，那嘹唳而清脆的歌声是会使我忘却忧愁而感觉兴奋的。

一九三四年，十二月。

【1】冗长：(文章、讲话等)废话多，拉得很长。

【2】嘹唳：形容声音响亮凄清。

 **作品赏析**

《鹰之歌》是唱给旧世界叛逆者的一首赞歌，也是作者向往光明的心迹的表露。在那个风雨如晦的年代里，无数热血青年无畏地投身

于反抗腐败势力和挽救国家危亡的火热斗争中。他们的爱国情怀，他们的坚贞不屈，他们的献身精神，感动着一代又一代人的心灵，也影响着一代又一代的人们。

别了,哥哥

殷夫

背景介绍

　　本诗写于1929年,那时,诗人已经历了1927年"四一二反革命政变"和1928年夏的两次被捕。第二次出狱以后,殷夫离开了同济大学,专门从事共青团和青年工人运动的工作,过着极端穷困的生活,并断绝了与家庭(主要是大哥徐培根)的联系。身为国民党高级将领的大哥给他发去一封封信,劝他放弃危险的工作。为此,殷夫写下《别了,哥哥》这首诗,婉拒了大哥的好意劝导,并将自己的信仰、追求和盘托出,袒露了一个为革命信仰无悔献身的战士的襟怀与人格。

诵读示范

（算作是向一个Class[1]的告别词吧！）

别了,我最亲爱的哥哥[2],
你的来函促成了我的决心,
恨的是不能握一握最后的手,
再独立地向前途踏进。

二十年来手足的爱和怜,
二十年来的保护和抚养,

请在这最后的一滴泪水里，
收回吧，作为恶梦一场。

你诚意的教导使我感激，
你牺牲的培植使我钦佩，
但这不能留住我不向你告别，
我不能不向别方转变。

在你的一方，哟，哥哥，
有的是，安逸，功业和名号，
是治者们荣赏的爵禄，
或是薄纸糊成的高帽。

只要我，答应一声说，
"我进去听指示的圈套"，
我很容易能够获得一切，
从名号直至纸帽。

但你的弟弟现在饥渴，
饥渴着的是永久的真理，
不要荣誉，不要功建，
只望向真理的王国进礼。

因此机械的悲鸣扰厂[3]他的美梦，
因此劳苦群众的呼号震动心灵，
因此他尽日尽夜地忧愁，
想做个 Promethcus[4] 偷给人间以光明。

真理和愤怒使他强硬，
他再不怕天帝的咆哮，

他要牺牲去他的生命，
更不要那纸糊的高帽。

这，就是你弟弟的前途，
这前途满站着危崖荆棘，
又有的是黑的死，和白的骨，
又有的是砭人肌筋[5]的冰雹风雪。

但他决心要踏上前去，
真理的伟光在地平线下闪照，
死的恐怖都辟易[6]远退，
热的心火会把冰雪溶消。

别了，哥哥，别了，
此后各走前途，
再见的机会是在，
当我们和你隶属着的阶级交了战火。

小贴士

【1】Class：即"阶级"。
【2】哥哥：作者的大哥徐培根，民国陆军二级上将，国防部次长，军事理论家。
【3】扰厂：指打扰。
【4】Promethcus：普罗米修斯，希腊神话中的巨人，因盗窃神火给人类，被天神宙斯锁在高加索山上。
【5】砭人肌筋：形容冷空气、寒风、冰水等像针扎一样使人肌肤筋骨感到疼痛。
【6】辟易：退避，避开。

作品赏析

《别了，哥哥》是一首与时代同呼吸、共命运的诗，是抒情语言与行动语言、人格与诗格相统一的诗。作品中，诗人依托具体的诗歌形象和细腻的情绪流动，以诚恳率直的语言，既传达了对无产阶级事业必胜的乐观信念，也渗透着亲情与大义难以两全的矛盾心情。这首诗是大转折时代下革命意志与个人真情实感的真实写照，二者在诗中得到了完美的融合与展现，使得诗人的立场转换诚挚可信，因此更充满感动人心的力量。

海　燕

【苏联】高尔基
瞿秋白 译

背景介绍

《海燕》是高尔基创作的一篇带有象征意义的短篇小说《春天的旋律》的末尾一章。19世纪欧洲爆发的工业危机很快就蔓延到了俄国，再加上沙皇统治日趋黑暗，人民群众无法忍受，反抗情绪日益高涨，革命斗争蓬勃兴起。在亲身感受到了工人运动、学生运动的磅礴气势，目睹了沙皇政府镇压学生运动的残暴罪行之后，来自社会底层、深谙人民疾苦的高尔基为了热情地歌颂无产阶级革命先驱，揭露沙皇反动政府的黑暗统治和资产阶级自由派的丑恶嘴脸，抨击机会主义者，根据当时的斗争形势和参加示威的感受，写成了一篇带有象征意义的短篇小说"幻想曲"——《春天的旋律》。该篇小说的结尾部分，就是著名的散文诗《海燕》。

诵读示范

　　白蒙蒙的海面的上头，风儿在收集着阴云。在阴云和海的中间，得意洋洋地掠过了海燕，好像深黑色的闪电。

　　一忽儿，翅膀碰到浪花，一忽儿，像箭似的冲到阴云，它在叫着，而——在这鸟儿的勇猛的叫喊里，阴云听见了欢乐。

　　这叫声里面——有的是对于暴风雨的渴望！愤怒的力量，热情的火焰和对于胜利的确信,是阴云在这叫喊里所听见的。

海鸥在暴风雨前头哼着,——哼着,在海面上窜着,愿意把自己对于暴风雨的恐惧藏到海底里去。

潜水鸟也哼着,——它们这些潜水鸟,够不上享受生活的战斗的快乐:轰击的雷声就把它们吓坏了。

蠢笨的企鹅,畏缩地在崖岸底下躲藏着肥胖的身体……只有高傲的海燕,勇敢地,自由自在地,在这泛着白沫的海上飞掠着。

阴云越来越昏暗,越来越低地落到海面上来了,波浪在唱着,在冲上去,迎着高处的雷声。

雷响着。波浪在愤怒的白沫里吼着,和风儿争论着。看罢,风儿抓住了一群波浪,紧紧地抱住了,恶狠狠地一摔,扔在崖岸上,把这大块的翡翠石砸成了尘雾和水沫。

海燕叫喊着,飞掠过去,好像深黑色的闪电,箭似的射穿那阴云,用翅膀刮起那浪花的泡沫。

看罢,它飞舞着,像仙魔似的——高傲的,深黑色的,暴风雨的仙魔,——它在笑,又在嚎叫……它笑那阴云,它欢乐得嚎叫!

在雷声的震怒里,它这敏感的仙魔——早就听见了疲乏;它确信,阴云是遮不住太阳的,是的,遮不住的!

风吼着……雷响着……

一堆堆的阴云,好像深蓝的火焰,在这无底的海的头上浮动。海在抓住闪电的光芒,把它熄灭在自己的深渊。像是火蛇似的,在海里游动着,消失了,这些闪电的影子。

"暴风雨!暴风雨快要爆发了!"

那是勇猛的海燕,在闪电中间,在怒吼的海的头上,得意洋洋地飞掠着;这胜利的预言家叫了:

"让暴风雨来得厉害些罢!"

小贴士

　　此版本的《海燕》是杰出的无产阶级革命家、作家、翻译家瞿秋白翻译的，瞿秋白在访苏期间将高尔基的这篇作品从俄文翻译成汉语，名为《暴风鸟的歌》，十年后又将其改译成《海燕》。

作品赏析

　　《海燕》体现了高尔基早期作品中革命浪漫主义的典型特征。整首诗以宏伟壮丽的大自然作背景，极力渲染恶浪腾空、雷电交加、狂风怒吼、波澜壮阔的紧张的气氛，描绘出油画般浓烈、鲜明的色彩，诗中那不怕任何艰难险阻、勇往直前、乐观无畏的海燕形象曾激励过无数中国人战胜困难，超越自我，成为时代的英雄。

红　烛

闻一多

背景介绍

　　五四运动之后，社会动荡，赴美留学的闻一多学成归来，看到了社会的黑暗混乱、百姓的疾苦。于是，诗人在1923年准备出版自己的第一部诗集时，回顾自己数年来的理想探索历程和诗作成就，写下了这首名诗《红烛》，并将它作为同名诗集《红烛》的序诗。

诵读示范

"蜡炬成灰泪始干"[1]
　　——李商隐

红烛啊！
这样红的烛！
诗人啊！
吐出你的心来比比，
可是一般颜色？

红烛啊！
是谁制的蜡——给你躯体？

是谁点的火——点着灵魂？
为何更须烧蜡成灰，
然后才放光出？
一误再误；
矛盾！冲突！

红烛啊！
不误，不误！
原是要"烧"出你的光来——
这正是自然的方法。

红烛啊！
既制了，便烧着！
烧罢！烧罢！
烧破世人的梦，
烧沸世人的血——
也救出他们的灵魂，
也捣破他们的监狱！

红烛啊！
你心火发光之期，
正是泪流开始之日。

红烛啊！
匠人造了你，
原是为烧的。
既已烧着，

又何苦伤心流泪？
哦！我知道了！
是残风来侵你的光芒，
你烧得不稳时，
才着急得流泪！

红烛啊！
流罢！你怎能不流呢？
请将你的脂膏，
不息地流向人间，
培出慰藉[2]的花儿，
结成快乐的果子！

红烛啊！
你流一滴泪，灰一分心。
灰心流泪你的果，
创造光明你的因。

红烛啊！
"莫问收获，但问耕耘。"

【1】"蜡炬成灰泪始干"：开头引用的唐朝诗人李商隐《无题》中的一句诗，概括出"成灰"和"泪干"两个主角，从而划分出全诗的层次，即第一节"红烛之色"；第二至第四节"红烛成灰"；第五至第七节"红烛泪干"；第八至第九节"提出希望"。
【2】慰藉：意为安慰、抚慰。

 **作品赏析**

　　《红烛》借红烛来传情言志，是典型的托物言志诗，具有浓烈的浪漫主义和唯美主义色彩。在这首诗中，红烛就是诗人，诗人就是红烛。本诗的末尾"红烛啊！'莫问收获，但问耕耘'"既是对红烛精神的提炼，也是诗人对自己的勉励：不惜牺牲，无私奉献。《红烛》的每一节都以"红烛啊"的呼唤开头，形成浓郁的抒情氛围，继之以自

问、自悟、自励、自答、自勉，一步步展示执着追求的心迹，有很强的感染力。本诗应在了解时代背景，理解诗歌大意的基础上进行朗读，其重章叠句的形式美和简洁有力的语言美，加之以饱满的感情基调，奉献之志和爱国之情喷薄而出，令人精神振奋。

艰难的国运与雄健的国民

—— 李大钊 ——

 **背景介绍**

本文选自《李大钊选集》，原载于1923年12月20日《新民国》第一卷第二号。当时，有一部分五四运动期间一度觉醒的知识分子又陷于迷惘之中，走到了十字路口。五四运动高潮过后，封建军阀与帝国主义相勾结，加紧了对中国人民的压迫与对新文化的破坏。封建复古势力对新文化运动发起猖狂的反扑。社会黑暗到了极点。为鼓舞人们的斗志，李大钊写下《艰难的国运与雄健的国民》一文，全文流露出昂扬的革命乐观主义精神、强烈的爱国主义情感和排山倒海般的革命气概，激荡壮志、开阔胸怀、指引方向、催人奋进，鼓舞广大革命者不怕艰难险阻、不畏流血牺牲，勇于担起挽狂澜于既倒之重任的精神。

诵读示范

  历史的道路，不全是平坦的，有时走到艰难险阻的境界，这是全靠雄健的精神才能够冲过去的。

  一条浩浩荡荡的长江大河，有时流到很宽阔的境界，平原无际，一泻万里。有时流到很逼狭[1]的境界，两岸丛山叠岭，绝壁断崖，江河流于其间，回环曲折[2]，极其险峻。民族生命的进程，其经历亦复如是[3]。

  人类在历史上的生活正如旅行一样。旅途上的征人所经过的地方，有时是坦荡平原，有时是崎岖[4]险路。志于旅途的人，走到平坦的地方，因是高高兴兴地向前走，走到崎岖的境界，愈是奇趣横生，觉得在此奇绝壮绝的境界，愈能感到一种冒险的美趣。

中华民族现在所逢的史路，是一段崎岖险阻的道路。在这一段道路上，实在亦有一种奇绝壮绝的景致，使我们经过这段道路的人，感到一种壮美的趣味。但这种壮美的趣味，没有雄健的精神是不能够感觉到的。

我们的扬子江、黄河，可以代表我们的民族的精神，扬子江及黄河遇见沙漠、遇见山峡都是浩浩荡荡地往前流过去，以成其浊流滚滚、一泻万里的魄势。目前艰难境界，哪能阻抑[5]我们民族生命的前进？我们应该拿出雄健的精神，高唱着进行的曲调，在这悲壮歌声中，走过这崎岖险阻的道路。要知在艰难的国运中建造国家，亦是人生最有趣味的事……

【1】逼狭：极其狭窄，给人以威胁。
【2】回环曲折：指山路、道路或水流曲折、蜿蜒，也常比喻事情不顺利或形容事情的困难性。
【3】亦复如是：再怎样也是这个样子。
【4】崎岖：地面高低不平，亦比喻处境困难。
【5】阻抑：阻止，抑制。

作品赏析

《艰难的国运与雄健的国民》是一篇说理散文，但有部分人也认为这是一篇"小杂文"，即议论文。这篇文章运用象征、比喻的手法，说明了历史发展的必然性。作者用一段专写"一条浩浩荡荡的长江大河"，用另一段写"人类在历史上的生活正如旅行一样"，诗意盎然，使读者获得壮美的革命意志的熏陶。全文虽短，却是作者革命人生观与整个人格的体现。

推荐诵读

- 《给太阳》艾青

- 《老人与海》【美】海明威

- 《逍遥游》【先秦】庄子

- 《满江红·写怀》【南宋】岳飞

诵读常识

主题二

胸怀天下 凝聚奋进力量

主题导读

"胸怀天下"是一种思想观念,源于古代的儒家思想,强调以仁慈的心态看待世界,把天下的一切看作自己的家园,把天下的人民看作自己的亲人。新时代的我们要践行"胸怀天下"的理念,以善良与宽容的心态来看待世界,以真诚与和平的态度来处理矛盾,以智慧和正义的态度来解决问题,关心和爱护这个世界,凝聚奋进力量。

思政小课堂

党的二十大报告指出,要"深化爱国主义、集体主义、社会主义教育,着力培养担当民族复兴大任的时代新人"。奋进力量是指在新时代中国特色社会主义事业中增强民族凝聚力和创造力。只有凝聚奋进力量,才能推动中国发展跨越式进步,谱写中华民族伟大复兴的壮丽篇章。

主题二／胸怀天下　凝聚奋进力量

从军行二首

【唐】李白

 背景介绍

　　《从军行二首》是唐代伟大诗人李白的组诗作品。盛唐时期，国力强盛，君主锐意进取、卫边拓土，人们渴望在这个时代崭露头角、有所作为。武将把一腔热血洒向沙场建功立业，李白则为伟大的时代精神所感染，用他沉雄悲壮的豪情谱写了一曲曲雄浑磅礴、瑰丽壮美而又哀婉动人的诗篇。

诵读示范

小贴士

【1】金微山：指今天的阿尔泰山。
【2】梅花曲：指古乐府曲《梅花落》。
【3】明月环：古代大刀，刀柄头饰以回环，形似圆月。
【4】海：瀚海，大漠。
【5】单于：匈奴对其王的称号。
【6】呼延：匈奴四姓贵族之一，这里指敌军的一员悍将。

其一

从军玉门道，
逐虏金微山[1]。
笛奏梅花曲[2]，
刀开明月环[3]。
鼓声鸣海[4]上，
兵气拥云间。
愿斩单于[5]首，
长驱静铁关。

其二

百战沙场碎铁衣，

城南已合数重围。

突营射杀呼延[6]将，

独领残兵千骑归。

作品赏析

　　《从军行二首》中的第一首为五言律诗，描写了从军战士的作战经历和感想，以及征战杀敌实现和平的愿望。第二首诗为七言绝句，以疏简传神的笔墨，叙写了唐军被困突围的英勇事迹，热情洋溢地歌颂了边庭健儿浴血奋战、保家卫国的爱国主义精神。两首诗从侧面反映了作者欲报效国家、建功立业的强烈愿望。

破阵子·四十年来家国

【五代】李煜

背景介绍

此词作于李煜降宋之后的几年,也是作者生命的最后几年。金陵(今南京)被宋军攻破后,李煜率领亲属、随员等45人,"肉袒出降",告别了烙印着无数美好回忆的江南。这次诀别,李煜以这一阕《破阵子》记录了当时的情景和感受。

诵读示范

四十年[1]来家国,三千里地山河。凤阁龙楼连霄汉[2],玉树琼枝[3]作烟萝[4],几曾识干戈[5]?

一旦归为臣虏,沈腰潘鬓[6]消磨。最是仓皇辞庙日,教坊犹奏别离歌,垂泪对宫娥。

小贴士

【1】四十年:南唐自建国至李煜作此词,为三十八年。此处四十年为概数。
【2】霄汉:天河。
【3】玉树琼枝:别作"琼枝玉树",形容树的美好。
【4】烟萝:形容树枝叶繁茂,如同笼罩着雾气。
【5】干戈:武器,此处指代战争。
【6】沈腰潘鬓:沈指沈约,曾有"革带常应移孔……以此推算,岂能支久"之语,后用沈腰指代人日渐消瘦。潘指潘岳,曾云"余春秋三十二,始见二毛",后以潘鬓指代中年白发。

作品赏析

此词上片写繁华,通过写景歌颂作者心中的故国;下片写亡国,写出国破的惨状与凄凉。作者以阶下囚的身份对亡国往事作痛定思痛之想,自然不胜感慨。全词由建国写到亡国,极盛转而极衰,极喜而后极悲,看似只是平平无奇的写实,却饱含了作者对故国的留恋和对亡国的悔恨。

正 气 歌

―――― 【宋】文天祥 ――――

背景介绍

文天祥于祥兴元年（1278年）十月因叛徒的出卖被元军所俘，翌年十月被解至燕京（今北京）。元朝统治者对他软硬兼施、威逼利诱、许以高位，他誓死不屈，决心以身报国，丝毫不为所动，因而被囚三年后，于至元十九年十二月九日（1283年1月9日）慷慨就义。这首诗是他于1281年夏天在狱中所作。

诵读示范

余囚北庭，坐一土室。室广八尺，深可四寻[1]。单扉[2]低小，白间短窄，污下而幽暗。当此夏日，诸气萃（cuì）然[3]：雨潦[4]四集，浮动床几，时则为水气；涂泥半朝，蒸沤历澜，时则为土气；乍晴暴热，风道四塞，时则为日气；檐阴薪爨（cuàn），助长炎虐，时则为火气；仓腐寄顿，陈陈逼人，时则为米气；骈肩杂遝（tà），腥臊汗垢，时则为人气；或圊溷（qīng hùn）、或毁尸、或腐鼠，恶气杂出，时则为秽气。叠是数气，当侵沴（lì），鲜不为厉[5]。而予以孱弱，俯仰其间，於兹二年矣，幸而无恙[6]，是殆有养致然尔。然亦安知所养何哉？孟子曰："吾善养吾浩然之气。"彼气有七，吾气有一，以一敌七，吾何患焉！况浩然者，乃天地之正气也，作正气歌一首。

天地有正气，杂然赋流形。下则为河岳，上则为日星。
于人曰浩然，沛乎塞苍冥。皇路当清夷，含和吐明庭。
时穷节乃见，一一垂丹青[7]。在齐太史简，在晋董狐笔。
在秦张良椎，在汉苏武节。为严将军头，为嵇(jī)侍中血。
为张睢阳齿，为颜常山舌。或为辽东帽，清操厉冰雪。
或为出师表，鬼神泣壮烈。或为渡江楫，慷慨吞胡羯(jié)。
或为击贼笏(hù)，逆竖[8]头破裂。是气所磅礴，凛烈万古存。
当其贯日月，生死安足论。地维赖以立，天柱赖以尊。
三纲实系命，道义为之根。嗟予遘(gòu)阳九，隶也实不力。
楚囚缨其冠，传车[9]送穷北[10]。鼎镬(huò)甘如饴，求之不可得。
阴房阗(tián)鬼火，春院闭(bì)天黑。牛骥同一皂，鸡栖凤凰食。
一朝蒙雾露，分作沟中瘠。如此再寒暑，百沴自辟易。
嗟哉沮洳场，为我安乐国。岂有他缪巧，阴阳不能贼。
顾此耿耿在，仰视浮云白。悠悠我心悲，苍天曷有极。
哲人日已远，典刑在夙昔。风檐展书读[11]，古道照颜色[12]。

> **小贴士**
>
> 【1】寻：古时八尺为一寻。
> 【2】单扉：单扇门。
> 【3】萃然：聚集的样子。
> 【4】雨潦：下雨形成的地上积水。
> 【5】鲜不为厉：很少有不生病的。
> 【6】无恙：没有生病。
> 【7】垂丹青：见于画册，传之后世。
> 【8】逆竖：叛乱的贼子，指朱泚。
> 【9】传车：官办交通站的车辆。
> 【10】穷北：极远的北方。
> 【11】风檐展书读：在临风的廊檐下展开史册阅读。
> 【12】古道照颜色：古代传统的美德闪耀在面前。

作品赏析

　　《正气歌》是一首五言古诗，用古体诗的语调来写，而不取近体的排偶整饬，显得高古悲壮，酣畅淋漓地表现了作者的忠肝义胆、铮铮铁骨。此诗在歌赞先烈的同时，还展现了作者崇高的民族气节和伟大的爱国主义精神，塑造了一位正气凛然的民族英雄形象。

夏日绝句

【宋】李清照

 背景介绍

北宋靖康二年（1127年），金兵入侵中原，砸烂宋王朝的琼楼玉苑，掳走徽、钦二帝，赵宋王朝被迫南逃。靖康之变后，李清照之夫赵明诚出任建康知府。一天夜里，城中爆发叛乱，赵明诚不思平叛，反而临阵脱逃。李清照为国、为夫感到耻辱，在路过乌江时，有感于项羽的悲壮，创作此诗，同时也有暗讽南宋王朝和赵明诚之意。

诵读示范

生当作人杰[1]，
死亦为鬼雄[2]。
至今思项羽[3]，
不肯过江东[4]。

【1】人杰：人中的豪杰。汉高祖曾称赞开国功臣张良、萧何、韩信是"人杰"。
【2】鬼雄：鬼中的英雄。屈原《九歌·国殇》："身既死兮神以灵，子魂魄兮为鬼雄！"
【3】项羽：秦末时自立为西楚霸王，与刘邦争夺天下，在垓下之战中，兵败自杀。
【4】江东：项羽当初随叔父项梁起兵的地方。

作品赏析

　　《夏日绝句》是一首借古讽今、发抒悲愤的咏史诗。这首诗起调高亢，鲜明地唱出了作者的价值取向：人活着就要做人中的豪杰，为国家建功立业；死也要为国捐躯，成为鬼中的英雄。本诗的爱国激情，溢于言表。全诗虽只有短短的二十字，却连用三个典故，可谓振聋发聩、字字珠玑，字里行间透出一股正气。

岳阳楼记

【宋】范仲淹

背景介绍

庆历六年（1046年），范仲淹的挚友滕子京谪守巴陵郡，重修岳阳楼。当时，范仲淹亦被贬在河南邓州做官。滕子京请范仲淹为重修的岳阳楼题记，并赠其一本《洞庭晚秋图》。范仲淹依据此图，凭着丰富的想象，写下了千古名篇《岳阳楼记》。

诵读示范

　　庆历四年春，滕子京谪（zhé）守巴陵郡。越明年，政通人和[1]，百废具兴[2]。乃重修岳阳楼，增其旧制，刻唐贤今人诗赋于其上。属（zhǔ）予作文以记之。

　　予观夫巴陵胜状，在洞庭一湖。衔远山，吞长江，浩浩汤（shāng）汤[3]，横无际涯[4]；朝晖夕阴，气象万千[5]。此则岳阳楼之大观也，前人之述备矣。然则北通巫峡，南极潇湘，迁客[6]骚人，多会于此，览物之情，得无异乎？

　　若夫淫雨霏霏，连月不开，阴风怒号，浊浪排空，日星隐曜，山岳潜形，商旅不行，樯（qiáng）倾楫（jí）摧[7]，薄暮冥冥，虎啸猿啼。登斯楼也，则有去国怀乡，忧谗畏讥，满目萧然[8]，感极而悲者矣。

至若春和景明，波澜不惊，上下天光，一碧万顷，沙鸥翔集，锦鳞游泳，岸芷汀（tīng）兰[9]，郁郁青青。而或长烟一空，皓月千里，浮光跃金，静影沉璧，渔歌互答[10]，此乐何极[11]！登斯楼也，则有心旷神怡，宠辱偕忘，把酒临风，其喜洋洋者矣。

嗟（jiē）夫[12]！予尝求古仁人之心，或异二者之为，何哉？不以物喜，不以己悲，居庙堂之高则忧其民，处江湖之远则忧其君。是进亦忧，退亦忧。然则何时而乐耶？其必曰"先天下之忧而忧，后天下之乐而乐"乎。噫！微斯人，吾谁与归？

时六年九月十五日。

【1】政通人和：政事顺利，百姓和乐。
【2】百废具兴：各种荒废的事业都兴办起来了。
【3】浩浩汤汤：水波浩荡的样子。汤汤，水流大而急。
【4】横无际涯：宽阔无边。
【5】朝晖夕阴，气象万千：或早或晚（一天里）阴晴多变化。
【6】迁客：谪迁的人，指降职远调的人。
【7】樯倾楫摧：桅杆倒下，船桨折断。
【8】萧然：凄凉冷落的样子。
【9】岸芷汀兰：岸上的小草，小洲上的兰花。
【10】互答：一唱一和。
【11】何极：哪有穷尽。何，怎么。极，穷尽。
【12】嗟夫：唉。嗟夫为两个词，皆为语气词。

作品赏析

《岳阳楼记》一文表现了作者虽身居江湖，仍心忧国事，虽遭受迫害，仍不放弃理想的报国之志和顽强意志，同时体现了其对被贬好友的鼓励和安慰。范仲淹写这篇文章的时候正贬官在外，"处江湖之远"，本来可以采取独善其身的态度，落得清闲快乐，但他提出正直的士大夫应立身行己,将个人的荣辱升迁置之度外,"不以物喜,不以己悲",要"先天下之忧而忧,后天下之乐而乐"。全文记叙、写景、抒情、议论融为一体,动静相生,明暗相衬,文辞简约,音节和谐,用排偶章法作景物对比,成为杂记中的创新。

少年中国说（节选）

背景介绍

《少年中国说》是清朝末年梁启超所作的散文，写于戊戌变法失败后的 1900 年。戊戌变法失败迫使梁启超逃亡日本，但他并没有就此放弃变法图强的努力，到日本的当年就创办了《清议报》，通过媒介竭力推动维新运动的继续。当时的帝国主义制造舆论，污蔑中国是"老大帝国"。为了驳斥帝国主义分子的无耻谰言，也为纠正国内一些人自暴自弃、崇洋媚外的奴性心理，唤起人民的爱国热情，激起民族的自尊心和自信心，梁启超适时地写出了《少年中国说》这篇文章。

  日本人之称我中国也，一则曰老大帝国，再则曰老大帝国。是语也，盖袭译欧西人之言也。呜呼！我中国其果老大矣乎？梁启超曰：恶！是何言！是何言！吾心目中有一少年中国在。

  欲言国之老少，请先言人之老少。老年人常思既往，少年人常思将来。惟思既往也，故生留恋心；惟思将来也，故生希望心。惟留恋也，故保守；惟希望也，故进取。惟保守也，故永旧；惟进取也，故日新。惟思既往也，事事皆其所已经者，故惟知照例；惟思将来也，事事皆其所未经者，故常敢破格。老年人常多忧虑，少年人常好行乐。惟多忧也，故灰心；惟行乐也，故盛气。惟灰心也，故怯懦；惟盛气也，故豪壮。惟怯懦也，故苟且；惟豪壮也，故冒险。惟苟且也，故能灭世界；惟冒险也，故能造世界。老年人常厌事，少年人常喜事。惟厌事也，故常觉一切事无可为者；惟好事也，故常觉一切事无不可为者。老年人如夕照，少年人如朝阳。老年人如瘠牛，少年人如乳虎。此老年与少年性格不同之大略也。任公曰：人固有之，国亦宜然。

任公曰：造成今日之老大中国者，则中国老朽之先世冤业也；制出将来之少年中国者，则中国少年之责任也。故今日之责任，不在他人，而全在我少年。少年智则国智，少年富则国富；少年强则国强，少年独立则国独立；少年自由则国自由；少年进步则国进步；少年胜于欧洲，则国胜于欧洲；少年雄于地球，则国雄于地球。红日初升，其道大光[1]。河出伏流，一泻汪洋。潜龙腾渊，鳞爪飞扬。乳虎啸谷，百兽震惶。鹰隼试翼，风尘翕张。奇花初胎，矞矞皇皇[2]。干将发硎[3]，有作其芒。天戴其苍，地履其黄。纵有千古，横有八荒。前途似海，来日方长。美哉我少年中国，与天不老！壮哉我中国少年，与国无疆！

小贴士

【1】其道大光：语出《周易·益》："自上下下，其道大光。"光，广大，发扬。
【2】矞矞皇皇：一般用于书面古语，光明盛大的样子。
【3】干将发硎：意思是宝剑刚磨出来。干将，原是铸剑师的名字，这里指宝剑。硎，磨刀石。

作品赏析

《少年中国说》是梁启超的代表作之一，作者站在资产阶级改良派的立场上，在文中将封建古老的中国与他心目中的少年中国做了鲜明的对比，极力赞扬少年勇于改革的精神，鼓励人们肩负起建设少年中国的重任，表达了盼望祖国繁荣富强的愿望和积极进取的精神。此文被公认为梁启超著作中思想意义最积极、情感色彩最激越的篇章，作者本人也把它视为自己"开文章之新体，激民所之暗潮"的代表作。

赴戍登程口占示家人二首

【清】林则徐

 背景介绍

　　林则徐因主张禁烟，遭投降派诬陷，因而被谪贬到伊犁充军，清道光二十二年（1842年），林则徐被迫在西安与妻子离别赴伊犁时，为抒发自己的爱国情感以及彰显性情人格，愤怒地写下此诗。

诵读示范

其一

出门一笑莫心哀，浩荡襟怀到处开。
时事难从无过立，达官非自有生来。
风涛回首空三岛[1]，尘壤从头数九垓[2]。
休信儿童轻薄语，嗤他赵老送灯台[3]。

其二

力微任重久神疲，再竭衰庸定不支。
苟利国家生死以，岂因祸福避趋之？
谪居正是君恩厚，养拙刚于戍卒宜。
戏与山妻谈故事，试吟断送老头皮。

【1】三岛：指英伦三岛，即英国的英格兰、苏格兰、爱尔兰。
【2】九垓：九州，天下。
【3】赵老送灯台：《归田录》："俚谚云：'赵老送灯台，一去更不来。'"意为一去不回。当时清廷中的投降派诅咒林则徐，说他被贬新疆是"赵老送灯台"，永无回来之日。

其一：
诗人因抗英禁烟被贬至伊犁，心中自有一股不平之气。但与家人告别之际，深恐家人担忧，又需笑言相劝，故诗中开首二句强作欢颜。在诗的结尾，针对朝中投降派幸灾乐祸，说自己永无回乡之日的谰言，又表示自己一定会安全返回家乡、返回首都，再与侵略者一决雌雄。全诗虽有眷恋故乡之意，却毫无悲戚之态，雄健豪劲，不失民族英雄本色。

其二：
对仗工整而灵活，是此诗写作技巧上的一个特点。诗中，以"国家"对"祸福"，以"生死"对"避趋"，按词性来说，都是正对。尤其是"生死以"的"以"字，既实指"为"，表达思想内容，又借其虚词义来与"之"字形成对仗，展现出驾驭文字的深厚功力。本诗第二联为流传千古的佳句。

推荐诵读

 《我爱这土地》艾青

 《从军行》【唐】杨炯

 《国家荣誉感》冯骥才

 《我有一个梦想(节选)》【美】马丁·路德·金

诵读常识

主题三 赏民族风 铸共同体意识

 主题导读

　　自秦朝开始，我国就是统一的多民族国家，在两千多年的历史当中始终没有间断过。民族团结，不仅有利于国家的发展和人民内部的安定，还能增强各民族之间的文化认同。只有各民族交融在一起，和谐共处，才能使我们的国家更加繁荣昌盛。

 思政小课堂

　　党的二十大报告指出，要"以铸牢中华民族共同体意识为主线，坚定不移走中国特色解决民族问题的正确道路，坚持和完善民族区域自治制度，加强和改进党的民族工作，全面推进民族团结进步事业"。中华民族共同体意识是凝聚中国人民力量的精神纽带，是维系中国国家和民族的根本保障，是中华民族实现伟大复兴的坚实基础。在新时代背景下，我们要更加深刻地认识到铸牢中华民族共同体意识的重要性，并积极投身到中华民族共同体的建设之中。

主题三／赏民族风　铸共同体意识

敕　勒　歌

【南北朝】佚名

背景介绍

公元4—6世纪，中国北方大部分地区处在鲜卑、匈奴等少数民族的统治之下，北方少数民族先后在此建立了北魏、北齐、北周等五个政权，历史上称为"北朝"。北朝民歌主要是北魏以后用汉语记录的作品，《敕勒歌》便是其中一首。

最先提到《敕勒歌》的是唐朝初年李延寿撰的《北史》卷六《齐本纪》。公元546年，北齐开国皇帝高欢率兵十万从晋阳南向进攻西魏的军事重镇玉璧（今山西省稷山县西南），折兵七万，返回晋阳途中，军中谣传其中箭将亡。为了稳定军心，高欢带病亲自设宴面会大臣。其间，他命部将斛律金领唱《敕勒歌》，遂使将士怀旧，军心大振。《敕勒歌》也因此在军营中广传，并流传至今。

诵读示范

小贴士

【1】阴山：山脉名，在今内蒙古自治区北部。
【2】穹庐：用毡布搭成的帐篷，即蒙古包。
【3】四野：草原的四面八方。
【4】苍苍：青色。
【5】茫茫：辽阔无边的样子。
【6】见：同"现"，显露。

敕勒（chì lè）川，阴山[1]下。
天似穹庐（qióng lú）[2]，笼盖四野[3]。
天苍苍[4]，野茫茫[5]。
风吹草低见（xiàn）[6]牛羊。

作品赏析

《敕勒歌》是一首民歌，勾勒出北国草原壮丽富饶的风光，前四句歌唱敕勒族的生活环境，后三句抒写敕勒族人民的劳动生活。全诗境界开阔，音调雄壮，语言晓畅，抒写了敕勒人热爱家乡、热爱生活的豪情，艺术概括力极强。

陇头歌辞

【南北朝】佚名

背景介绍

关中周围群山环抱，东有华山、崤山，西有陇山，南有终南山、秦岭，北有洛河东西的黄龙山、尧山和泾河两岸的嵯峨山、九嵕山。其中陇山又称陇坂、陇坻，在今陕西省陇县西北，为六盘山的南段，南北走向约一百千米，绵亘于陕西、甘肃二省边境，山势陡峭，山路曲折难行，是渭河平原与陇西高原的分水岭。古称陇山其坂九回，上者七日乃过，上有清水四注而下。北朝西行服役的人们翻越陇头分水岭时，瞻望前程、回顾家园，感伤命运、歌唱悲凉，《陇头歌辞》便为当时劳动人民所传颂的民歌。

诵读示范

小贴士

【1】陇头流水：指发源于陇山的河流、溪水。
【2】暮：傍晚。
【3】宿：投宿，住宿。
【4】遥望：远眺，即向东远望。

其一

陇头流水[1]，流离山下。
念吾一身，飘然旷野。

其二

朝发欣城，暮[2]宿[3]陇头。
寒不能语，舌卷入喉。

其三

陇头流水，鸣声幽咽。

遥望[4]秦川，心肝断绝。

作品赏析

《陇头歌辞》共三首，都是四言四句，篇幅短小，但意蕴极其丰富。三首诗的共同特点是在特定环境中通过写景来抒情，将作者内心的悲痛哀伤转化为对外在景物和环境的刻画，由外在景物和环境来衬托主观情感的悲伤深重，格调苍凉悲壮。

主题三 / 赏民族风 铸共同体意识

格吉杂松章(节选)

—— 佚名 ——

 **背景介绍**

玉树民歌是藏族地区特有的民歌类型。在玉树有三种类型可称为传统意义上的民歌,即"勒""拉伊""闯勒"。2008年6月,经中华人民共和国国务院批准,玉树民歌入选第二批国家级非物质文化遗产名录。《格吉杂松章》便是玉树民歌的代表作品之一。

从遥远的高山,到辽阔的草原,
唱起这支歌,让我们心连心。

天边的云彩,地上的河流,
都有我们藏族人的心声和情怀。

唱起这支歌,让我们心相连。
藏族人的歌,永远唱不完。

从高高的山峰,到深深的谷底,
唱起这支歌,让我们心相印。

远方的客人,请听我歌唱,
这是我们藏族人的热情和祝福。

唱起这支歌,让我们心相连。
藏族人的歌,永远唱不完。

飘荡的经幡,迎风而动,
神圣的雪山,赐予我们力量。

万物生灵,都在歌声之中,
这就是我们藏族人的家园。

唱起这支歌,让我们心相连。
藏族人的歌,永远唱不完。

小贴士

玉树民歌的表达形式:

第一、二段喻物,第三段点题,是玉树藏族民歌的基本表现手法。比如在某些特定场合和情况下,当省略或者不便唱出第三段所直陈的人或者其他事物时,就干脆不唱第三段,但要说的意思已经很明朗,很清楚了,无碍于意义的表达。

玉树民歌的演唱形式:

或自吟自唱,或对歌互答,包括单唱对单唱、群唱对群唱、单唱对群唱以及男女对唱等。

 **作品赏析**

玉树民歌在语言结构上一般为三段式,因节奏整齐,有相同的音步,故唱起来朗朗上口。玉树民歌以饱满的生命力和多彩的民族风情展示了玉树人民热爱祖国、热爱美好生活、讴歌美丽家乡的情怀和奔放热情的性格。

给岁月的答复

———— 黎·穆塔里甫 ————

🍵 背景介绍

1943年,诗人在乌鲁木齐新疆日报社从事革命活动,其坚定的立场和犀利的笔锋引起了反动当局的警觉与恐慌。为了打压他的革命行动,反动当局将他调往阿克苏城,企图在那里对他进行打压和迫害。面对逆境,诗人并未屈服,而是在去往阿克苏的前夕,写下这首诗,以此来映射国民党反动派的黑暗与腐败,对敌人宣战。

诵读示范

时间太匆忙,一点也不肯停留,
岁月便是时间的最快脚步。
畅流的水,破晓的黎明依然清晰,
疾驰的岁月却是窃取寿命的小偷:
窃取后,头也不回地,
一个追着一个,匆忙逃走。
在青春的花园里听不到黄莺拍翅,
树叶枯萎凋零,树枝变成秃头。
青春是人们最美妙的季节,
然而它又是何等短暂。

当你撕去日历上的一页
便会预感到青春的花朵凋落了一瓣。
岁月之风在飘舞,落叶掩盖了大地,
落了叶的树显得格外可怜……格外悲凄。
岁月那么慷慨地给姑娘们带来了皱纹,
给男子们带来了满面的胡须。
但是,不能咒骂岁月,
让它流过去吧,这是它必然的规律……
人们不会放松时间,
把戈壁变为绿洲的还是人们的双手。
岁月的胸襟辽阔、机会无穷,
山一般重大的事还是在岁月里耸立。
你瞧,昨夜还那么幼小的婴儿,
啊,今天他就会站起来走路了!
战斗的人们追随着战斗的岁月,
一定会留下他战斗的子孙;
昨晚为幸福而牺牲的烈士的墓上,
明天一定会布满悼念他的花丛。
尽管岁月给我带来了胡须,
但我会在岁月的怀抱里锻炼自己。
在我面前败走的每个岁月里,
早已铭刻了我的创作——不朽的诗篇。
在斗争最激烈的时候我不会衰老,
我的诗像天空的繁星在我面前闪耀。
我时时不能忘记,坚忍——果敢就是胜利,
在斗争重重的陡坡上,死亡对我是何等渺小。
我要跟射手们牵起手来,
在前进的道路上紧紧地跟随旗手。
在战斗的疆场上始终不显出疲倦,
我要走遍一切走向胜利的道路。

岁月，你别得意地擂胸狂笑，
在你面前我宁肯断头，绝不受你凌辱。
你别为了催我衰老而过分地枉费心机，
我会把我的儿子许给最后的决斗。
岁月之海，尽管你的浪涛那样汹涌起伏，
我们的舰队一定会突破你的浪头。
尽管你以飞快的速度想恫吓我们，
但是创造必定会使你衰老——
这就是我们对你的答复！

1943年，乌鲁木齐

1945年，诗人成为在阿克苏地区革命组织的领导者之一。在这段时期，他创作了《幻想的追求》一诗，再次宣告自己所追求、所向往的远大理想。正当这一组织准备武装起义的前夕，诗人遭到叛徒出卖，被敌人逮捕并残忍杀害。诗人以23岁短暂的人生岁月，在诗中，在新疆各族人民的心中，享有着悠久岁月的光荣。

作品赏析

"岁月"是一个充满象征意义的时间意象。对于人的生命来说，岁月是一个"窃取寿命的小偷"；对于革命者来说，岁月却有着另一种战斗的意义——为革命者延续生命。这首诗，以其豪迈的气概和自强不息的精神，至今都被广大维吾尔族群众喜爱，这首诗不仅是诗人对国民党反动派的无情揭露和批判，更是号召人民站起来推翻国民党反动政权、赶走日本帝国主义、建设美好家园的战斗诗篇。

伟大的祖国

尼米希依提

 **背景介绍**

1938年以后，尼米希依提担任了《阿克苏报》（维文版）的编辑。这时，抗日战争的烽火燃遍了祖国大地，作为中华民族的一分子，他关心祖国的命运和抗战的前途。时代的浪潮把诗人的创作推向一个新的境地，于是，他写下了这首《伟大的祖国》。

诵读示范

伟大的祖国！我的母亲，
山、林、花、海全在你的胸中，
黄金的土地、富庶的高原，
你雄伟的身姿毗连着天边。

黄河、长江飞流一泻万里，
你英雄的气概、民族的性格；
昆仑、天山巍峨横跨千里，
你强健的双足，忠耿的卫士。

你有叱咤风云震动群峰的尊严，

主题三／赏民族风　铸共同体意识

你有调转江河倒流的魄力，
你有融化冰雪驱沙为田的热量，
你有驾时代巨轮前进的中华儿女。

那在深山茂林嬉戏的梅花鹿，
那在园中花间欢唱的百灵，
那在海洋湖间游动的鱼群，
都是你娴静温爱的象征。

侵略者向你伸出血舌，
企图用枪声震荡你智慧的神经，
他们用枷锁扣锁你的手足，
日寇在卢沟桥向你出兵。

乌云一时罩在你的头顶，
血的河流、罪恶的火焰腾空，
你挺身向人民挥手，
向敌人反攻！反攻！

胜利了！你仍然在苦思，
祖国啊！你应该闯出一条美好远景。
你最相信你的中华儿女，
将会唱出你从没听过的歌声。

伟大的祖国，我的爱母，
你的一切都在人民的手中。
胜利一定属于伟大的人民，
祖国！你像睡狮猛醒。

1942 年 5 月

> **小贴士**
>
> 作者原名艾尔米叶·伊里·赛依拉姆，维吾尔族，新疆拜城人。1933 年因参加反对反动统治的斗争，遭枪击未死，遂改名尼米希依提，意为半个牺牲者。

 **作品赏析**

《伟大的祖国》以火热的诗句开篇，写尽伟大祖国的雄姿。然而，诗人笔锋一转，揭示了祖国正在遭受的民族灾难。在悲愤沉重的感情下，诗人充满了胜利的信念，把诗行化作刀枪，高歌人民抗日斗争的决心。

浣溪沙·火树银花不夜天

—— 柳亚子 ——

 背景介绍

1950年10月3日，中南海怀仁堂举办国庆歌舞晚会，柳亚子偕郑佩宜前往观看，坐于毛泽东同志前排，应毛泽东同志之请，柳亚子即席赋《浣溪沙》一阕，以记录各民族大团结的盛况。毛泽东事后步韵奉和，即《浣溪沙·和柳亚子先生》，以此回应柳亚子先生的词作。

十月三日之夕于怀仁堂观西南各民族文工团、新疆文工团、吉林省延边文工团、内蒙古文工团联合演出歌舞晚会，毛主席命填是阕，用纪大团结之盛况云尔！

火树银花不夜天，弟兄姊妹舞翩跹，歌声唱彻月儿圆[1]。不是一人能领导，那容百族共骈阗（tián）[2]，良宵盛会喜空前。

【1】歌声唱彻月儿圆：新疆哈萨克族民间歌舞有《圆月》一歌云。
【2】骈阗：罗列。《晋书·夏统传》："士女骈填，车服烛路。"

作品赏析

　　本词的艺术特点在于其形象的壮美和诗意的深沉。诗中"火树银花"的意象给人以视觉上的冲击和美感，而"不夜天"的意象则给人以内心的宁静和美好。诗人通过这些生动的意象，不仅表达了他对美好事物的向往和追求，也透露出了他内心深处的豪情和志向。这种形象的描绘和诗意的表达，使得诗歌具有了独特的艺术魅力和感染力。

主题三／赏民族风　铸共同体意识

沙原，我的故乡

纳·赛音朝克图

背景介绍

　　1945年8月抗日战争胜利后，纳·赛音朝克图赴蒙古国留学，1947年底学成归国。这时我国第一个民族自治区——内蒙古自治区已经成立，美丽的草原充满灿烂的阳光，但是在全国范围内，反动势力还很猖獗，因此诗人写下此诗。一方面，赞美"黄金闪烁的沙原"和"温暖的阳光"；另一方面，叮嘱人们警惕"反动派的魔爪"，不让敌人"掠夺我们肥美的牛羊"。

诵读示范

　　黄金闪烁的沙原，
　　是我父母的故乡，
　　它是我们的人民
　　永世居住的地方。

　　历代祖先的遗骨，
　　曾在这儿埋葬，
　　历代烈士的鲜血，
　　曾把这土地灌溉。

春天，温暖的阳光下，
原野上漫步着拾粪的姑娘。
秋夜，皎洁的银月下，
大路上蠕动着运草的车辆。

严冬，暴风雪猖獗的时候，
大戈壁便成为遮寒的屏障。
酷夏，烈日燃烧大地的时候，
人们在浓密的树荫下乘凉，歌唱！

为了抗击凶恶的敌人——
不让它蹂躏我们摇篮般的家乡，
坚贞无畏的林丹英雄，
曾把宝贵的鲜血洒在战场。

为了摆脱奴役和黑暗——
不让灾难降临到我们的故土，
多少爱国志士，
曾用自己的胸膛把敌人阻挡。

湖面上掀起的波浪，
激动着我赤诚的心房，
绝不让无耻的叛徒，
踏进我们摇篮般的故乡。

风暴吹动着柳枝，
震荡着我愤怒的心脏，
绝不让国民党反动派的魔爪，
掠夺我们肥美的牛羊。

啊，沙原，我的母亲，
我的故乡！
朝着共产党指引的方向前进吧，
让自由放射出灿烂的光芒！

命运相同的弟兄们，
让我们唱着雄壮的歌儿，
来把我们这黄金般的沙原，
建设成幸福的乐园吧！

《沙原，我的故乡》写于1947年12月，如果不拘泥于文学史断代，可把它视为中国当代少数民族诗坛上最早的篇章。

作品赏析

纳·赛音朝克图凭借着《沙原，我的故乡》一诗，着力书写在共产党领导下，把沙原建设成人间幸福乐园的热情展望。这首歌唱新时代的诗篇，虽然在艺术上锤炼不够，却以对党、对新生的社会主义祖国的炽热感情，显示了纳·赛音朝克图在诗歌创作上的一个新开端。

推荐诵读

 《笔墨祭（节选）》余秋雨

 《企喻歌二首》【南北朝】佚名

 《秦王饮酒》【唐】李贺

 《和张仆射塞下曲·其四》【唐】卢纶

诵读常识

主题四

寄情山水 体悟人生哲理

 **主题导读**

　　读万卷书，行万里路。从古至今，无数文人雅士访遍名山大川，在山水之间观察、感悟、创造，在大自然中汲取智慧与力量。新时代的学生，在学好文化知识的同时，也应多多走进自然，在山水之间感悟做人的道理，通过不断攀登，让自己的人生越来越充实。

思政小课堂

　　党的二十大报告指出，要"深入实施马克思主义理论研究和建设工程，加快构建中国特色哲学社会科学学科体系、学术体系、话语体系，培育壮大哲学社会科学人才队伍"。宇宙中万事万物是相互联系、相互依存的。新时代新征程上，必须坚持系统观念，用普遍联系、全面系统、发展变化的观点把握哲学社会科学人才队伍建设问题，前瞻性思考、全局性谋划和整体性推进哲学社会科学人才队伍的培育壮大。

春江花月夜

【唐】张若虚

背景介绍

《春江花月夜》为乐府吴声歌曲名，相传为南朝陈后主（陈叔宝）所作，原词已不传。后来隋炀帝杨广又曾作过此曲。《乐府诗集》卷四十七收录《春江花月夜》七篇，其中有隋炀帝的两篇。张若虚这首为拟题作诗，与原先的曲调已不同，却是最有名的。

诵读示范

春江潮水连海平，海上明月共潮生。
滟滟[1]随波千万里，何处春江无月明。
江流宛转绕芳甸[2]，月照花林皆似霰（xiàn）[3]。
空里流霜不觉飞，汀[4]上白沙看不见。
江天一色无纤尘，皎皎空中孤月轮。
江畔何人初见月？江月何年初照人？
人生代代无穷已，江月年年望相似。
不知江月待何人，但见长江送流水。
白云一片去悠悠，青枫浦上不胜愁。
谁家今夜扁舟子[5]？何处相思明月楼？
可怜楼上月裴回[6]，应照离人妆镜台。
玉户帘中卷不去，捣衣砧（zhēn）上拂还来。

此时相望不相闻，愿逐月华流照君。
鸿雁长飞光不度，鱼龙潜跃水成文。
昨夜闲潭[7]梦落花，可怜春半不还家。
江水流春去欲尽，江潭落月复西斜。
斜月沉沉藏海雾，碣（jié）石潇湘无限路[8]。
不知乘月几人归，落月摇情满江树。

【1】滟滟：波光荡漾的样子。
【2】芳甸：芳草丰茂的原野。甸，郊外之地。
【3】霰：天空中降落的白色不透明的小冰粒。形容月光下春花晶莹洁白。
【4】汀：沙滩。
【5】扁舟子：飘荡江湖的游子。扁舟，小舟。
【6】月徘回：月光偏照闺楼，徘徊不去，令人不胜其相思之苦。
【7】闲潭：幽静的水潭。
【8】无限路：极言离人相距之远。

作品赏析

《春江花月夜》沿用陈隋乐府旧题，笔触清丽，以月为主体，以江为场景，描绘了一幅幽美邈远、惝恍迷离的春江月夜图，抒写了游子思妇真挚动人的离情别绪与富有哲理的人生感慨，表现了一种迥绝的宇宙意识，创造了一个深沉、寥廓、宁静的境界。

赤 壁 赋

【宋】苏轼

背景介绍

《赤壁赋》作于宋神宗元丰五年（1082年）苏轼被贬谪黄州期间。宋神宗元丰二年（1079年），他因被诬作诗"谤讪朝廷"，遭御史弹劾，被捕入狱，史称"乌台诗案"，又因写下《湖州谢上表》被扣上诽谤朝廷的罪名，被捕入狱。后经多方营救，于当年十二月释放，贬为黄州团练副使，但不得签署公事，不得擅去安置所。这无疑是一种"半犯人"式的管制生活。元丰五年，苏轼曾于七月十六和十月十五两次泛游赤壁，写下了两篇以赤壁为题的赋，后人称第一篇为《赤壁赋》，第二篇为《后赤壁赋》。

诵读示范

  壬戌之秋，七月既望，苏子与客泛舟游于赤壁之下。清风徐来，水波不兴。举酒属（zhǔ）客，诵明月之诗，歌窈窕之章。少焉，月出于东山之上，徘徊于斗牛之间。白露横江，水光接天。纵一苇之所如，凌万顷之茫然。浩浩乎如冯（píng）虚御风[1]，而不知其所止；飘飘乎如遗世独立，羽化[2]而登仙。

  于是饮酒乐甚，扣舷[3]而歌之。歌曰："桂棹（zhào）兮兰桨[4]，击空明[5]兮溯流光。渺渺兮予怀，望美人[6]兮天一方。"客有吹洞箫者，倚歌而和之。其声呜呜然，如怨如慕，如泣如诉，余音袅袅，不绝如缕。舞幽壑之潜蛟，泣孤舟之嫠（lí）妇。

苏子愀（qiǎo）然，正襟危坐而问客曰："何为其然也？"客曰："'月明星稀，乌鹊南飞'，此非曹孟德之诗乎？西望夏口，东望武昌，山川相缪（liáo），郁乎苍苍，此非孟德之困于周郎者乎？方其破荆州，下江陵，顺流而东也，舳舻（zhú lú）[7]千里，旌旗蔽空，酾（shī）酒临江，横槊（shuò）赋诗，固一世之雄也，而今安在哉？况吾与子渔樵于江渚之上，侣鱼虾而友麋（mí）鹿，驾一叶之扁（piān）舟，举匏樽（páo zūn）以相属。寄蜉蝣（fú yóu）[8]于天地，渺沧海之一粟。哀吾生之须臾，羡长江之无穷。挟飞仙以遨游，抱明月而长终。知不可乎骤得，托遗响于悲风。"

苏子曰："客亦知夫水与月乎？逝者如斯，而未尝往也；盈虚者如彼，而卒莫消长也。盖将自其变者而观之，则天地曾（zēng）不能以一瞬；自其不变者而观之，则物与我皆无尽也，而又何羡乎！且夫天地之间，物各有主，苟非吾之所有，虽一毫而莫取。惟江上之清风，与山间之明月，耳得之而为声，目遇之而成色，取之无禁，用之不竭，是造物者之无尽藏（zàng）也，而吾与子之所共适。"

客喜而笑，洗盏更酌。肴核既尽，杯盘狼藉。相与枕藉乎舟中，不知东方之既白。

【1】冯虚御风：乘风腾空而遨游。
【2】羽化：传说成仙的人能像长了翅膀一样飞升。
【3】扣舷：敲打着船边，指打节拍。舷，船的两边。
【4】桂棹兮兰桨：桂树做的棹，兰木做的桨。
【5】空明：月亮倒映水中的澄明之色。
【6】美人：比喻诗人心中美好的理想或好的君王。
【7】舳舻：战船前后相接，这里指战船。
【8】蜉蝣：一种朝生暮死的昆虫。此句比喻人生之短暂。

 **作品赏析**

　　《赤壁赋》通过月夜泛舟、饮酒赋诗引出主客对话的描写，既从客之口中说出了吊古伤今之情感，也从苏子所言中听到矢志不移之情怀。全赋"情、景、理"融合，意象连贯，结构严谨，情韵深致，理意透辟，实是文赋中之佳作。

游褒禅山记

【宋】王安石

🫖 **背景介绍**

这篇散文是王安石在宋仁宗（赵祯）至和元年，即公元1054年写的。当年四月，王安石从舒州（今安徽省潜山市）通判任上辞职，在回家探亲途中游览了褒禅山，同年七月以追记形式写下此文。本文叙述作者和几位同伴游褒禅山所见到的景物，以及游山经过，并以此为喻，说明要实现远大理想，就须在研究学问上"深思而慎取"。

诵读示范

　　褒禅山亦谓之华山，唐浮图慧褒始舍于其址，而卒葬之；以故其后名之曰"褒禅"。今所谓慧空禅院者，褒之庐冢（zhǒng）也。距其院东五里，所谓华山洞者，以其乃华山之阳名之也。距洞百余步，有碑仆道，其文漫灭，独其为文犹可识，曰"花山"。今言"华"（huā）如"华（huá）实"之"华"（huá）者，盖音谬也。

　　其下平旷，有泉侧出[1]，而记游[2]者甚众，所谓前洞也。由山以上[3]五六里，有穴窈然，入之甚寒，问其深，则其好游者不能穷也，谓之后洞。余与四人拥火以入，入之愈深，其进愈难，而其见愈奇。有怠而欲出者，曰："不出，火且尽。"遂与之俱出。盖余所至，比好游者尚不能十一[4]，然视其左右，来而记之者已少。盖其又深，则其至又加少矣。方是时[5]，余之力尚足以入，火尚足以明也。既其出，则或咎其欲出者，而余亦悔其随之，而不得极夫游之乐也。

于是余有叹焉。古人之观于天地、山川、草木、虫鱼、鸟兽，往往有得，以其求思之深而无不在也。夫夷以近，则游者众；险以远，则至者少。而世之奇伟、瑰怪，非常之观，常在于险远，而人之所罕至焉，故非有志者不能至也。有志矣，不随以止也，然力不足者，亦不能至也。有志与力，而又不随以怠，至于幽暗昏惑而无物以相（xiàng）之，亦不能至也。然力足以至焉，于人为可讥，而在己为有悔；尽吾志也而不能至者，可以无悔矣，其孰能讥之乎？此余之所得也！

余于仆碑，又以悲夫古书之不存，后世之谬其传而莫能名者，何可胜道[6]也哉！此所以学者不可以不深思而慎取之也。

四人者：庐陵萧君圭君玉，长乐王回深父（fǔ），余弟安国平父（fǔ）、安上纯父（fǔ）。至和元年七月某日，临川王某记。

【1】侧出：从旁边涌出。
【2】记游：指在洞壁上题诗文留念。
【3】上：名词活用作动词，向上走。
【4】尚不能十一：还不及十分之一。不能，不及。
【5】方是时：正当这个时候。
【6】何可胜道：怎么能说得完。

作品赏析

《游褒禅山记》是一篇记述与议论相结合的散文，与一般游记不同，独具特色。全文层次分明，因事见理，夹叙夹议，其中阐述的诸多思想，不仅在当时难能可贵，而且在当今社会也具有极其深远的现实意义。本文的写作技巧也比较高明，其重点不在记游，而在写游览中的心得体会，所以在材料的取舍、行文的组织安排上，处处为写心得体会搭桥铺路，使记游与心得十分和谐自然地结合起来。

秋 声 赋

——【宋】欧阳修——

背景介绍

此赋作于宋仁宗嘉祐四年（1059年）秋，欧阳修时年53岁，虽仕途已入顺境，身居高位，但长期的政治斗争也使他看到了世事的复杂，逐渐淡于名利。他回首往事，屡次遭贬，内心隐痛难消，面对朝廷内外的污浊、黑暗，眼见国家日益衰弱，改革又无望，不免产生郁闷之情。对政治和社会时局心情郁结，对人生短暂、大化无情感伤于怀，让他此时处于不知如何作为的苦闷时期。所以欧阳修对秋天这个季节特别敏感，《秋声赋》就是在这种背景下创作的。

欧阳子方夜读书，闻有声自西南来者，悚（sǒng）然[1]而听之，曰："异哉！"初淅沥以萧飒，忽奔腾而砰湃，如波涛夜惊，风雨骤至。其触于物也，鏦（cōng）鏦铮铮[2]，金铁皆鸣；又如赴敌之兵，衔枚疾走，不闻号令，但闻人马之行声。余谓童子："此何声也？汝出视之。"童子曰："星月皎洁，明河在天，四无人声，声在树间。"

余曰："噫嘻悲哉！此秋声也。胡为而来哉？盖夫秋之为状也：其色惨淡，烟霏云敛；其容清明，天高日晶；其气栗冽，砭（biān）人肌骨；其意萧条，山川寂寥。故其为声也，凄凄切切，呼号愤发。丰草绿缛（rù）[3]

而争茂,佳木葱茏而可悦。草拂之而色变,木遭之而叶脱。其所以摧败零落者,乃其一气之余烈。夫秋,刑官也,于时为阴;又兵象也,于行用金。是谓天地之义气,常以肃杀而为心。天之于物,春生秋实,故其在乐也,商声主西方之音,夷则为七月之律。商,伤也,物既老而悲伤;夷,戮也,物过盛而当杀。"

"嗟夫!草木无情,有时飘零。人为动物,惟物之灵。百忧感其心,万事劳其形,有动于中,必摇其精。而况思其力之所不及,忧其智之所不能,宜其渥然丹者为槁木,黟(yī)然[4]黑者为星星[5]。奈何以非金石之质[6],欲与草木而争荣?念谁为之戕(qiāng)贼,亦何恨乎秋声?"

童子莫对,垂头而睡。但闻四壁虫声唧唧,如助予之叹息。

【1】悚然:惊惧的样子。
【2】鏦鏦铮铮:金属相击的声音。
【3】绿缛:碧绿繁茂。
【4】黟然:形容黑的样子。黟,黑。
【5】星星:鬓发花白的样子。
【6】非金石之质:指人体不能像金石那样长久。

作品赏析

《秋声赋》写秋以立意新颖著称,从题材上讲,悲秋是中国古典文学的永恒题材,作者选择了从新的角度入手,虽然承袭了写秋天肃杀萧条的传统,却烘托出人事忧劳更甚于秋之肃杀这一主题,使文章在立意上有所创新。另外,本文把写景、抒情、记事、议论熔为一炉,以"无形"的秋声作为描写和议论的对象,采用赋的形式抒写秋感,极尽渲染铺陈之能事,实际上融入了作者对宦海沉浮、人生苦短深沉的感慨。

洞庭游记序

【明】文震孟

背景介绍

文震孟，明代官员，书法家，初名从鼎，字文起，天启二年（1622年）殿试中第一，授翰林修撰。他因得罪权臣魏忠贤，被调往外地，崇祯年间被提拔为礼部侍郎。《洞庭游记序》是文震孟写的一篇山水游记。

诵读示范

　　游有四快，而天时之宜，风月之美，眺览之奇不与焉。游当茹素之期，不以酒肉丝竹尘点山灵，一快也。又当沧弃之日，山中好事之家，无相物色者，草衣衲侣，游乃益清，二快也。穷林屋之胜，至于烟迷径绝，田夫野老，惊相告语，奔走救援，此犹足以征[1]人心焉，三快也。以余耳目所及之名公，若冯元成先生游记遍天下，独遗几席之洞庭。至张伯起、周公瑕、王百谷，皆未尝泛石公[2]、龙渚之棹。惟赵隐君凡夫仅一至耳。其他游者不能记，记者不能尽。即弇（yǎn）州之文，亦似寥寒未称。而孟长雄词伟藻，直与缥缈、莫厘争高竞爽，吞今掩古，光怪陆离。将使后来游者，遂可无言绝响，不必先结一记游之想，以挠其登高临深之天趣，四快也。

　　昔人有言，山水之神情，恒与幽人畸士[3]相亲昵。然非言语文章之妙，不足以发潜而疏远。今间询之楚人，武昌赤壁，仅一部娄；而柳州遗迹，按图索之，殊不相当。独以两公文在，儿与五岳四渎并垂声于宇宙。文人不遇，岂非山水之甚幸哉！况洞庭灵奇，夙（sù）标震旦[4]。惟护之以风涛，布之以险阻，即具逸情远胜者，亦未能时时酬对。一朝不偶，相得益彰，山灵恺豫，又复何如！不啻（chì）[5]吾所称"四快"而已。

余接摈废以来，屏栖深谷，云封烟绕。门前寸步，便如黔蜀万山。洞庭之游，日与孟长期，而今竟先我矣。览兹游记，固深快之，而亦深妒之，终乃深幸之。幸我虽未游，而孟长已游，他日虽游而已，不必记游也。

【1】征：证验，证明。
【2】石公：山名，在太湖边。
【3】幽人畸士：不合巨俗之士。
【4】震旦：本是佛经译音，古代印度人称中国为震旦。
【5】不啻：无异于。

作品赏析

《洞庭游记序》一文中，作者开头首先指出自己的观点，认为游览有"四快"，但天时是否合适、自然风光是否美丽、登高望远是否能见到奇特景观都不在其中，然后引出自己认为的"快"包括什么。在这篇书序里，作者将孟长与其他诸多写洞庭湖的名家相比较，对孟长的文章给予了很高的评价，认为其语言雄丽、辞藻壮伟。

登泰山记

——【清】姚鼐——

🫖 背景介绍

  姚鼐（nài）于乾隆三十八年（1772年）参加纂修《四库全书》，其以御史记名，于乾隆三十九年（1774年）以养亲告归田里，道经泰安（今山东省泰安市），与挚友泰安知府朱孝纯（字子颖）于此年十二月二十八日傍晚同上泰山山顶，第二天即除夕（当年十二月二十九日）五更时分至日观峰的日观亭后，观赏日出，写下该篇游记。

诵读示范

  泰山之阳，汶水西流；其阴，济水东流。阳谷[1]皆入汶，阴谷皆入济。当其南北分者，古长城也。最高日观峰，在长城南十五里。

  余以乾隆三十九年十二月，自京师乘[2]风雪，历齐河、长清，穿泰山西北谷，越长城之限[3]，至于泰安。是月丁未，与知府朱孝纯子颖由南麓（lù）登。四十五里，道皆砌石为磴（dèng），其级七千有余。泰山正南面有三谷。中谷绕泰安城下，郦（lì）道元所谓环水也。余始循以入，道少半，越中岭，复循西谷，遂至其巅。古时登山，循东谷入，道有天门。东谷者，古谓之天门溪水，余所不至也。今所经中岭及山巅，崖限当道者，世皆谓之天门云。道中迷雾冰滑，磴几不可登。及既上，苍山负雪，明烛天南。望晚日照城郭，汶水、徂徕（cú lái）如画，而半山居雾若带然。

戊申晦，五鼓，与子颖坐日观亭，待日出。大风扬积雪击面。亭东自足下皆云漫。稍见云中白若樗蒱（chū pú）[4]数十立者，山也。极天[5]云一线异色，须臾成五采。日上，正赤如丹，下有红光动摇承之。或曰，此东海也。回视日观以西峰，或得日，或否，绛皓（jiàng hào）驳色，而皆若偻（lóu）。

亭西有岱祠，又有碧霞元君祠。皇帝行宫在碧霞元君祠东。是日，观道中石刻，自唐显庆以来，其远古刻尽漫失。僻不当道者，皆不及往。

山多石，少土。石苍黑色，多平方，少圜（yuán）。少杂树，多松，生石罅（xià），皆平顶。冰雪，无瀑水，无鸟兽音迹。至日观数里内无树，而雪与人膝齐。

桐城姚鼐记。

【1】阳谷：指山南面的谷水。
【2】乘：趁，这里有"冒着"的意思。
【3】限：门槛，这里指像一道门槛的城墙。
【4】樗蒱：古代的一种赌博游戏，这里指博戏用的"五木"。五木两头尖，中间广平，立起来很像山峰。
【5】极天：天的尽头，天边。

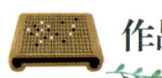

作品赏析

《登泰山记》描述了泰山的地理形势和深冬时节的景物特征，着重描写了在日观峰观日出的景象，虽用字省净，却笔致周详，其写地理，脉络分明；点胜迹，一无阙漏；述景致，足见泰山的壮丽多姿，把泰山山高、景奇、胜迹多的特点展露无遗。在全文布局上，前半段的视角是由下往上，以见泰山之雄浑；后半段则居高临下，写出泰山之奇秀，颇得运笔如画境的布置之妙。

黄州快哉亭记

【宋】苏辙

 背景介绍

宋神宗元丰二年（1079年）八月，苏轼因"乌台诗案"蒙冤下狱，十二月责授黄州团练副使。苏辙上书营救，奏乞纳官以赎兄轼之罪，因而获罪被贬，监筠州（今江西高安）盐酒税。元丰五年（1082年），苏辙沿赣水，渡过鄱阳湖，溯大江来黄州，与其兄苏轼相聚，畅叙患难中的手足之情。二人一道游览了黄州及其对江的武昌西山，凭吊陈迹。元丰六年（1083年），与苏轼同谪居黄州的张梦得，为览观江流，在住所西南建造了一座亭子，苏轼替它取名为"快哉亭"。该文即应张梦得所邀而作。

诵读示范

　　江出西陵，始得平地，其流奔放肆大。南合沅、湘，北合汉沔（miǎn）[1]，其势益张。至于赤壁之下，波流浸灌，与海相若。清河张君梦得[2]谪居齐安，即其庐之西南为亭，以览观江流之胜，而余兄子瞻名之曰"快哉"。

　　盖亭之所见，南北百里，东西一舍。涛澜汹涌，风云开阖。昼则舟楫出没于其前，夜则鱼龙悲啸于其下。变化倏忽，动心骇目，不可久视。今乃得玩之几席之上，举目而足。西望武昌诸山，冈陵起伏，草木行列，烟消日出。渔夫樵父之舍，皆可指数。此其所以为"快哉"者也。至于长洲之滨，故城之墟。曹孟德、孙仲谋之所睥睨，周瑜、陆逊之所骋骛。其流风遗迹，亦足以称快世俗。

昔楚襄王从宋玉、景差于兰台之宫，有风飒然至者，王披襟当之，曰："快哉此风！寡人所与庶人共者耶？"宋玉曰："此独大王之雄风耳，庶人安得共之！"玉之言盖有讽焉。夫风无雌雄之异，而人有遇不遇之变；楚王之所以为乐，与庶人之所以为忧，此则人之变也，而风何与焉？士生于世，使其中不自得，将何往而非病？使其中坦然，不以物伤性，将何适而非快？

今张君不以谪为患，窃会计之余功，而自放山水之间，此其中宜有以过人者。将蓬户[3]瓮牖[4]，无所不快；而况乎濯长江之清流，揖西山之白云，穷耳目之胜以自适也哉！不然，连山绝壑，长林古木，振之以清风，照之以明月，此皆骚人思士之所以悲伤憔悴而不能胜者，乌[5]睹其为快也哉！

元丰六年十一月朔日，赵郡苏辙记。

【1】汉沔：汉水。汉水源出陕西宁羌，初名漾水，东流经沔县南，称沔水，又东经褒城，纳褒水，始称汉水。汉水在长江北岸。
【2】张君梦得：张梦得，字怀民，苏轼友人。
【3】蓬户：用蓬草编门。
【4】瓮牖：用破瓮做窗。
【5】乌：哪里。

 作品赏析

> 本文作于作者被贬官期间，那时他在政治上处于逆境。但他和其兄一样，具有一种旷达的情怀，故一篇之中而"快"字七出，极写

其观赏形胜与览古之绝，抒发其不以个人得失为怀的思想境界，道出了一条人生的哲理：心中坦然，无往不快。文章擒住题面"快哉"二字，风格雄放雅致，笔势纡徐畅达，叙议结合，情景交融。

推荐诵读

 《水调歌头·明月几时有》【北宋】苏轼

 《我们把春天吵醒了》冰心

 《秋天的况味(节选)》林语堂

 《蜀道难》【唐】李白

诵读常识

主题五

漫步时光 细品人间真情

主题导读

人间自有真情在，宜将寸心报春晖。大千世界，真情无限，父母之情、夫妻之情、兄妹之情、朋友之情……多到不可胜数。然而，现代社会的快节奏，使得人们总是忙忙碌碌，日夜拼搏，甚至废寝忘食，一些人在不经意间可能对真情有所冷淡、有所忽略，甚至遗忘。因此，人们应该好好反思，不要因为遗忘、忽略了真情而带来终生的遗憾。

思政小课堂

2017年1月26日，习近平总书记在春节团拜会上曾说："当今社会发展快速，人们为工作废寝忘食，为生计奔走四方，但不能忘了人间真情，不要在遥远的距离中割断了真情，不要在日常的忙碌中遗忘了真情，不要在日夜的拼搏中忽略了真情。"这段话强调了人们要尊重和珍惜感情，葆有真情，相互珍重和体惜。

陈 情 表

【西晋】李密

 背景介绍

李密原是蜀汉后主刘禅的郎官,蜀汉灭亡后隐居乡里,在家供养祖母刘氏。晋朝刚刚建立,晋武帝采取怀柔政策,征召李密为太子洗马。李密对晋武帝(司马炎)不甚了解,盲目在新朝做官祸福难料。作为亡国之臣,李密深恐晋武帝怀疑自己怀念旧朝以矜名节,招致大逆不道的罪名,引来杀身之祸。于是,李密以祖母年老多病无人奉养为由,辞不赴命,并饱含血泪地向晋武帝呈上了这篇《陈情表》。

诵读示范

臣密言:臣以险衅[1],夙遭闵(mǐn)凶。生孩六月,慈父见背;行年四岁,舅夺母志。祖母刘愍(mǐn)[2]臣孤弱,躬亲抚养。臣少多疾病,九岁不行,零丁孤苦,至于成立[3]。既无伯叔,终鲜兄弟,门衰祚(zuò)薄,晚有儿息。外无期功强近之亲,内无应门五尺之僮,茕(qióng)茕孑(jié)立[4],形影相吊。而刘夙婴疾病,常在床蓐(rù),臣侍汤药,未曾废离。

逮奉圣朝,沐浴清化。前太守臣逵察臣孝廉;后刺史臣荣举臣秀才。臣以供养无主,辞不赴命。诏书特下,拜臣郎中,寻蒙国恩,除臣洗马。猥以微贱,当侍东宫,非臣陨首所能上报。臣具以表闻,辞不就职。诏书切峻,责臣逋慢[5];郡县逼迫,催臣上道;州司临门,急于星火。臣欲奉诏奔驰,则刘病日笃[6],欲苟顺私情,则告诉不许。臣之进退,实为狼狈。

伏惟圣朝以孝治天下,凡在故老,犹蒙矜育,况臣孤苦,特为尤甚。且臣少仕伪朝,历职郎署,本图宦达,不矜名节。今臣亡国贱俘,至微至陋,过蒙拔擢,宠命优渥,岂敢盘桓,有所希冀!但以刘日薄西山,气息奄奄,人命危浅,朝不虑夕。臣无祖母,无以至今日,祖母无臣,无以终余年。母孙二人,更相为命,是以区区不能废远。

臣密今年四十有四,祖母今年九十有六,是臣尽节于陛下之日长,报养刘之日短也。乌鸟私情[7],愿乞终养。臣之辛苦,非独蜀之人士及二州牧伯所见明知,皇天后土实所共鉴。愿陛下矜愍愚诚,听臣微志,庶刘侥幸,保卒余年。臣生当陨首,死当结草。臣不胜犬马怖惧之情,谨拜表以闻。

【1】险衅:灾难祸患。指命运坎坷。
【2】愍:同"悯",怜悯。
【3】成立:长大成人。
【4】茕茕孑立:生活孤单无靠。
【5】逋慢:回避怠慢。
【6】日笃:日益沉重。
【7】乌鸟私情:相传乌鸦能反哺,所以常用来比喻子女对父母的孝养之情。

作品赏析

《陈情表》为李密给晋武帝的奏章。作者在文章中叙述祖母抚育自己的恩情,以及自己应该报答、抚养祖母的义务。除了感谢朝廷的知遇之恩外,作者又倾诉自己不能从命的苦衷,真情流露,委婉畅达。《陈情表》被认定为中国文学史上抒情散文的代表作之一,有"读诸葛亮《出师表》不流泪不忠,读李密《陈情表》不流泪不孝"的说法。

西 洲 曲

——【南北朝】佚名——

背景介绍

《西洲曲》是南朝乐府民歌中的名篇，也是乐府民歌的代表之作。其写作时间和背景没有定论，一种说法是产生于梁代的民歌，收入了当时的乐府诗集；另一种说法是南朝文学家江淹所作，为徐陵《玉台新咏》所记载；还有一种说法是在明清人编写的古诗选本里，或作"晋辞"，又或以为是梁武帝萧衍所作。

诵读示范

小贴士

【1】寄江北：指寄给在江北的情人。
【2】翠钿：用翠玉制作的首饰。
【3】望飞鸿：古代有雁鸿传书的传说，故暗含盼望书信之意。
【4】青楼：油漆成青色的楼。唐朝以前的诗中一般用来指女子的住处。
【5】尽日：整天。

忆梅下西洲，折梅寄江北[1]。
单衫杏子红，双鬓鸦雏色。
西洲在何处？两桨桥头渡。
日暮伯劳飞，风吹乌臼(jiù)树。
树下即门前，门中露翠钿(diàn)[2]。
开门郎不至，出门采红莲。
采莲南塘秋，莲花过人头。
低头弄莲子，莲子清如水。
置莲怀袖中，莲心彻底红。
忆郎郎不至，仰首望飞鸿[3]。

鸿飞满西洲，望郎上青楼[4]。
楼高望不见，尽日[5]栏杆头。
栏杆十二曲，垂手明如玉。
卷帘天自高，海水摇空绿。
海水梦悠悠，君愁我亦愁。
南风知我意，吹梦到西洲。

 **作品赏析**

　　《西洲曲》是南朝乐府民歌中少见的长篇。全文感情细腻，充满了曼丽婉转的情调，清辞俊语，连绵不绝，令人情灵摇荡。《西洲曲》可谓这一时期民歌中最成熟、最精致的代表作之一。此外，此诗以难解著称，有讨论者称其为南朝文学研究的"哥德巴赫猜想"。

主题五 / 漫步时光 细品人间真情

送王大昌龄赴江宁

【唐】岑参

 背景介绍

《送王大昌龄赴江宁》作于唐玄宗开元二十八年（740年）。史载，开元二十八年，王昌龄因"不护细行"被贬谪江宁，岑参为之饯行，并作此诗以寄感慨。王昌龄有《留别岑参兄弟》诗，可参看。

诵读示范

小贴士

[1] 明时：指政治清明，国泰民安的盛世。
[2] 天阙：皇宫前的望楼，此处指朝廷。
[3] 淮水：即淮河，赴江宁须经此河。
[4] 穷巷：冷僻简陋的小巷。
[5] 潜虬：虬，即传说中有角的龙。此处以潜虬比拟王昌龄才华横溢而不得重用。

对酒寂不语，怅然悲送君。
明时[1]未得用，白首徒攻文。
泽国从一官，沧波几千里。
群公满天阙[2]，独去过淮水[3]。
旧家富春渚（zhǔ），尝忆卧江楼。
自闻君欲行，频望南徐州。
穷巷[4]独闭门，寒灯静深屋。
北风吹微雪，抱被肯同宿。
君行到京口，正是桃花时。
舟中饶孤兴，湖上多新诗。
潜虬（qiú）[5]且深蟠（pán），黄鹄举未晚。
惜君青云器，努力加餐饭。

 **作品赏析**

《送王大昌龄赴江宁》为岑参送别王昌龄而作。作者感叹王昌龄怀才不遇、仕途多舛,并勉励他再展宏图、青云直上。全诗语言朴素自然却感情丰沛,弥漫着诗人对好友的真切挂念和殷殷祝福。旧居的追忆、陋屋的同宿、远途的想象、春光中的诗兴,作者设身处地地与好友同悲欢,真挚的友谊不言而喻。

主题五 / 漫步时光　细品人间真情

江夏别宋之悌

【唐】李白

 背景介绍

《江夏别宋之悌》作于唐玄宗开元二十年（732年）。宋之悌于开元年间历任右羽林将军、益州长史、剑南节度使及太原尹等要职，后以事流贬交趾（今越南河内市）。李白与宋之悌交情颇深，这首诗就是宋之悌赴交趾贬所前，李白在江夏（今湖北省武汉市武昌区）与贬赴交趾的宋之悌分别时所作。

诵读示范

小贴士

【1】楚水：指汉水汇入之后的一段长江水。
【2】碧海：指朱鸢（今属越南），宋之悌贬所。
【3】千里：据《旧唐书·地理志四》，交趾"至京师七千二百五十三里"，则朱鸢至江夏亦相距数千里。
【4】兴：兴会，兴致。
【5】谷鸟：山间或水间的鸟。

楚水[1]清若空，
遥将碧海[2]通。
人分千里[3]外，
兴[4]在一杯中。
谷鸟[5]吟晴日，
江猿啸晚风。
平生不下泪，
于此泣无穷。

 **作品赏析**

《江夏别宋之悌》在艺术构思上有一个重要的特点,即跳跃性很大,从前三联上下句之间的转折中可以看出。从诗歌的感情色调上看,前三联飘洒有势,基调豪迈;尾联顿折,其情悲怆,其调沉结。正是这种跳跃式的跌宕,使此诗具有测之无端、玩之无尽之妙。

鹊桥仙·纤云弄巧

【宋】秦观

背景介绍

秦观于宋哲宗绍圣四年（1097年）七夕，在湖南郴州写下了这首词，借牛郎织女双星的鹊桥相会以寄托他对长沙歌女的思念之情。

诵读示范

纤云[1]弄巧[2]，飞星[3]传恨，银汉[4]迢迢[5]暗度[6]。金风玉露[7]一相逢，便胜却人间无数。

柔情似水，佳期如梦，忍顾[8]鹊桥归路。两情若是久长时，又岂在朝朝暮暮[9]。

【1】纤云：轻盈的云彩。
【2】弄巧：指云彩在空中幻化成各种巧妙的花样。
【3】飞星：流星。一说指牵牛、织女二星。
【4】银汉：银河。
【5】迢迢：遥远的样子。
【6】暗度：悄悄渡过。
【7】金风玉露：指秋风白露。
【8】忍顾：怎忍回视。
【9】朝朝暮暮：指朝夕相聚。语出战国辞赋家宋玉《高唐赋》。

作品赏析

　　《鹊桥仙·纤云弄巧》是一首咏七夕的节序词，起句展示七夕独有的抒情氛围，"巧"与"恨"，则将七夕人间"乞巧"的主题及"牛郎、织女"故事的悲剧性特征点明，简练而凄美。同时，此词熔写景、抒情与议论于一炉，叙写牵牛、织女二星相爱的神话故事，赋予这对仙侣浓郁的人情味，讴歌了真挚、细腻、纯洁、坚贞的爱情。词中明写天上双星，暗写人间情侣，其抒情以乐景写哀，以哀景写乐，倍增其哀乐，读来荡气回肠，感人肺腑。

背　　影

— 朱自清 —

背景介绍

　　1917 年，朱自清祖母不幸去世，他和父亲一起回家办丧事，在丧事办完之后，朱自清要去北京，父亲由于不放心便要亲自送他去火车站。在那特定的场合下，父亲对儿子的关怀、体贴、爱护，使儿子极为感动，这印象经久不忘，并且几年之后，朱自清想起父亲那高大的背影，久久不能忘怀。1925 年，朱自清有感于世事，便写下本文。

诵读示范

　　我与父亲不相见已二年余了，我最不能忘记的是他的背影。

　　那年冬天，祖母死了，父亲的差使也交卸了，正是祸不单行的日子。我从北京到徐州，打算跟着父亲奔丧回家。到徐州见着父亲，看见满院狼藉的东西，又想起祖母，不禁簌簌地流下眼泪。父亲说："事已如此，不必难过，好在天无绝人之路！"

　　回家变卖典质[1]，父亲还了亏空；又借钱办了丧事。这些日子，家中光景很是惨澹，一半为了丧事，一半为了父亲赋闲。丧事完毕，父亲要到南京谋事，我也要回北京念书，我们便同行。

　　到南京时，有朋友约去游逛，勾留[2]了一日；第二日上午便须渡江到浦口，下午上车北去。父亲因为事忙，本已说定不送我，叫旅馆里一个熟识的茶房[3]陪我同去。他再三嘱咐茶房,甚是仔细。但他终于不放心,怕茶房不妥帖;颇踌躇了一会。其实我那年已二十岁,北京已来往过两三次,是没有什么要紧的了。他踌躇了一会,终于决定还是自己送我去。我再三劝他不必去;他只说:"不要紧,他们去不好!"

我们过了江,进了车站。我买票,他忙着照看行李。行李太多了,得向脚夫[4]行些小费才可过去。他便又忙着和他们讲价钱。我那时真是聪明过分,总觉他说话不大漂亮,非自己插嘴不可,但他终于讲定了价钱;就送我上车。他给我拣定了靠车门的一张椅子;我将他给我做的紫毛大衣铺好座位。他嘱我路上小心,夜里要警醒些,不要受凉。又嘱托茶房好好照应我。我心里暗笑他的迂;他们只认得钱,托他们只是白托!而且我这样大年纪的人,难道还不能料理自己吗?我现在想想,我那时真是太聪明了。

我说道:"爸爸,你走吧。"他往车外看了看,说:"我买几个橘子去。你就在此地,不要走动。"我看那边月台的栅栏外有几个卖东西的等着顾客。走到那边月台,须穿过铁道,须跳下去又爬上去。父亲是一个胖子,走过去自然要费事些。我本来要去的,他不肯,只好让他去。我看见他戴着黑布小帽,穿着黑布大马褂,深青布棉袍,蹒跚地走到铁道边,慢慢探身下去,尚不大难。可是他穿过铁道,要爬上那边月台,就不容易了。他用两手攀着上面,两脚再向上缩;他肥胖的身子向左微倾,显出努力的样子。这时我看见他的背影,我的泪很快地流下来了。我赶紧拭干了泪。怕他看见,也怕别人看见。我再向外看时,他已抱了朱红的橘子往回走了。过铁道时,他先将橘子散放在地上,自己慢慢爬下,再抱起橘子走。到这边时,我赶紧去搀他。他和我走到车上,将橘子一股脑儿放在我的皮大衣上。于是扑扑衣上的泥土,心里很轻松似的。过一会儿说:"我走了,到那边来信!"我望着他走出去。他走了几步,回过头看见我,说:"进去吧,里边没人。"等他的背影混入来来往往的人里,再找不着了,我便进来坐下,我的眼泪又来了。

近几年来,父亲和我都是东奔西走,家中光景是一日不如一日。他少年出外谋生,独力支持,做了许多大事。哪知老境却如此颓唐!他触目伤怀,自然情不能自已。情郁于中,自然要发之于外;家庭琐屑便往往触他之怒。他待我渐渐不同往日。但最近两年不见,他终于忘却我的不好,只是惦记着我,惦记着我的儿子。我北来后,他写了一信给我,信中说道:"我身体平安,惟膀子疼痛厉害,举箸提笔,诸多不便,大约大去之期[5]不远矣。"我读到此处,在晶莹的泪光中,又看见那肥胖的、青布棉袍黑布马褂的背影。唉!我不知何时再能与他相见!

【1】典质:典当,抵押。
【2】勾留:逗留。
【3】茶房:旧时对在旅馆、茶馆、轮船、火车、剧场等地方从事供应茶水等杂务工作的人的称呼。
【4】脚夫:旧时对搬运工人的称呼。
【5】大去之期:辞世的日子。

作品赏析

《背影》以情动人、感人至深。文章从生活极其细微常见的父子车站送别的小事中表达出父对子的关爱体贴,以及子对父的敬重与不舍之情。全文可以看作几个场景小故事穿插而成:父亲与儿子一起回家奔丧;父亲担心儿子,要亲自送儿子去火车站;因儿子行李太多父亲用不漂亮的话语雇人帮儿子拿行李;父亲在火车上为儿子仔细挑选座位;父亲爬过重重月台给儿子买橘子。这些细节在平凡中透露出不平凡的父爱。文章最后,作者通过引述父亲的来信,表达了对父亲深切的思念,更加深化主题。

感情的碎片

萧红

 背景介绍

萧红,是一位传奇性人物,她有着与女词人李清照那样的生活经历,一直处在极端苦难与坎坷之中。然而她却以柔弱多病的身躯面对磨砺,在民族的灾难中,经历了反叛、觉醒和抗争,一次次与命运搏击。鲁迅逝世后,萧红抑制不住悲痛,写了一系列纪念文章。《感情的碎片》便是其一,它是萧红回忆母亲的短篇。她自小因为家庭环境养成的孤独、敏感而又坚强的性格,在文中展露无遗。

诵读示范

  近来觉得眼泪常常充满着眼睛,热的,它们常常会使我的眼圈发烧。然而它们一次也没有滚落下来。有时候它们站到了眼毛的尖端,闪耀着玻璃似的液体,每每在镜子里面看到。

  一看到这样的眼睛,又好像回到了母亲死的时候。母亲并不十分爱我,但也总算是母亲。她病了三天了,是七月的末梢,许多医生来过了,他们骑着白马,坐着三轮车,但那最高的一个,他用银针在母亲的腿上刺了一下,他说:"血流则生,不流则亡。"

  我确确实实看到那针孔是没有流血,只是母亲的腿上凭空多了一个黑点。

  医生和别人都退了出去,他们在堂屋里议论着。我背向了母亲,我不再看她腿上的黑点。我站着。

"母亲就要没有了吗?"我想。

大概就是她极短的清醒的时候:"……你哭了吗? 不怕,妈死不了!"

我垂下头去,扯住了衣襟,母亲也哭了。

而后我站到房后摆着花盆的木架旁边去。我从衣袋取出来母亲买给我的小洋刀。

"小洋刀丢了就从此没有了吧?"于是眼泪又来了。

花盆里的金百合映着我的眼睛,小洋刀的闪光映着我的眼睛。眼泪就再没有流落下来,然而那是热的,是发炎的。但那是孩子的时候。

而今则不应该了。

民国时期被誉为"四大才女"的分别是吕碧城、石评梅、萧红、张爱玲。她们以细腻的文风,给当时的文坛注入了一缕清新之风,同时以自身的文学思想和人格魅力唤醒了普通女性的女权意识。本文作者萧红祖籍在黑龙江哈尔滨市呼兰区。她因文学思想独特,文学语言充满理想主义情怀,具有强烈的诗化特征,被文学界称作"20世纪30年代的文学洛神",其代表作有中篇小说《生死场》和长篇小说《呼兰河传》。

作品赏析

萧红的散文以其真挚的情感和细腻的描写著称。本文中,"闪耀着玻璃似的液体""花盆里的金百合映着我的眼睛",这些优美的字句是她点滴的感情碎片。看似很平常的小事,却能让人体会到压抑着哭泣的感觉。这篇文章不仅是对过往经历的回忆,也是萧红性格的一种体现,她坚强、隐忍,从不向命运投降,在苦难中艰难前行,始终保持着与命运抗争的顽强意志。

推荐诵读

《项脊轩志》【明】归有光

《月夜忆舍弟》【唐】杜甫

《钗头凤·红酥手》【南宋】陆游

《诗经·秦风·蒹葭》【先秦】《诗经》

诵读常识

主题六 崇尚科学 培养创新意识

 主题导读

当今社会,科技日新月异,飞速发展,并且这些新的科技正在不断改善人们的生活。陶行知先生曾说:"处处是创造之地,天天是创造之时,人人是创造之人。"他认为任何人都不应该妄自菲薄,或者找各种借口说自己不能创造。创新不仅是在实践中得到锻炼,更是在创造中得到发展。我们要将自己所学的知识转化为创新能力,将自己的热情投入创新实践,为社会科学进步献出自己的一份力。

 思政小课堂

党的二十大报告指出,"创新才能把握时代、引领时代。我们要以科学的态度对待科学、以真理的精神追求真理,坚持马克思主义基本原理不动摇,坚持党的全面领导不动摇,坚持中国特色社会主义不动摇,紧跟时代步伐,顺应实践发展,以满腔热忱对待一切新生事物,不断拓展认识的广度和深度,敢于说前人没有说过的新话,敢于干前人没有干过的事情,以新的理论指导新的实践"。科学是发展的,人们对事物的认识也在不断深化。因此,重视学生探究和主动学习,培养学生创新思维能力对实现中国式现代化具有重要意义。

梦溪笔谈·雁荡山

【宋】沈括

背景介绍

雁荡山位于浙江省温州市乐清市境内,因山顶有湖,芦苇茂密,结草为荡,南归秋雁多宿于此,故名雁荡。其开山凿胜始于南北朝,兴于唐,盛于宋,素有"海上名山、寰中绝胜""东南第一山"之誉。宋神宗熙宁七年(1074年),沈括奉命到浙江温州视察农田水利和新法执行情况,巡视途中,曾到雁荡山做了实地考察。沈括对雁荡山的地貌特点进行了细致的观察,并结合黄土高原的地形作了类比分析,正确推断出雁荡山的成因,即由于流水侵蚀的作用,使平原变成山岳。

诵读示范

温州雁荡山,天下奇秀。然自古图牒[1],未尝有言者。祥符中[2],因造玉清宫,伐山取材,方有人见之,此时尚未有名。按西域书,阿罗汉诺矩罗[3]居震旦东南大海际雁荡山芙蓉峰龙湫[4]。唐僧贯休为《诺矩罗赞》,有"雁荡经行云漠漠,龙湫宴坐雨蒙蒙"之句。此山南有芙蓉峰,峰下有芙蓉驿,前瞰大海,然未知雁荡、龙湫所在。后因伐木,始见此山。山顶有大池,相传为雁荡,下有二潭水,以为龙湫。又有经行峡、宴坐峰,皆后人以贯休诗名之也。谢灵运[5]为永嘉守,凡永嘉山水,游历殆遍,独不言此山,盖当时未有雁荡之名。

余观雁荡诸峰，皆峭拔险怪，上耸千尺，穹崖巨谷，不类他山。皆包在诸谷中，自岭外望之，都无所见；至谷中，则森然干霄。原其理，当是为谷中大水冲激，沙土尽去，唯巨石岿然[6]挺立耳。如大小龙湫、水帘、初月谷之类，皆是水凿之穴，自下望之，则高岩峭壁；从上观之，适[7]与地平，以至诸峰之顶，亦低于山顶之地面。世间沟壑中水凿之处，皆有植土龛岩[8]，亦此类耳。今成皋、陕西大涧中，立土动及百尺，迥然耸立，亦雁荡具体而微者，但此土彼石耳。既非挺出地上，则为深谷林莽所蔽，故古人未见，灵运所不至，理不足怪也。

 小贴士

【1】图牒：图书文件。牒，公文，文件。
【2】祥符中：祥符年间。祥符，"大中祥符"的简称，宋真宗(赵恒)的年号之一(公元 1008—1016 年)。
【3】阿罗汉诺矩罗：阿罗汉，也称罗汉，梵语音译，是佛家对"圣者"的尊称。诺矩罗，唐代的一个和尚，据《乐清县志》记载，原名罗尧运，眉州青神(今四川青神县)人。
【4】龙湫：雁荡山的瀑布名，瀑布下有两个深潭，叫做大龙湫和小龙湫。湫，深水池。
【5】谢灵运：南朝刘宋时代人，诗人，曾任永嘉太守。
【6】岿然：高大独立的样子。
【7】适：恰好。
【8】龛岩：指底部向内凹陷的岩石。

作品赏析

《梦谈笔溪·雁荡山》并不只是一篇游记，还是一篇说明文，可称为"科学小品"。全文虽篇幅较短，但包含了很丰富的内容，且语言十分简洁精练。本文中，作者对雁荡诸峰的观察相当细微，对它的面貌有比较深刻的认识。同时，也反映了作者在地理学方面的远见卓识。在他之后六七百年，西方科学界才出现有关于流水侵蚀作用的学说。

观书有感·其一

【宋】朱熹

背景介绍

庆元二年（1196年），为避权臣韩侂胄之祸，朱熹与门人黄干、蔡沈、黄钟来到新城福山（今江西省黎川县社苹乡竹山村）双林寺侧的武夷堂讲学。在此期间，他往来于南城（今江西省抚州市南城县）与南丰（今江西省抚州市南丰县）之间。在南城应利元吉、邓约礼之邀作《建昌军进士题名记》一文，文中对建昌人才辈出发出由衷赞美。又应南城县上塘蛤蟆窝村吴伦、吴常兄弟之邀，到该村讲学，为吴氏厅堂书写"荣木轩"，为读书亭书写"书楼"，并为吴氏兄弟创办的社仓撰写了《婺州金华县社仓记》，还在该村写下了《观书有感二首》，此诗为其中一首。

诵读示范

小贴士

【1】徘徊：来回移动。
【2】渠：它，第三人称代词，这里指方塘之水。
【3】那得：怎么会。那，怎么的意思。
【4】清如许：这样清澈。
【5】源头活水：比喻知识是不断更新和发展的，从而不断积累，只有在人生中不断地学习、运用和探索，才能使自己永葆先进和活力，就像水源头一样。

半亩方塘一鉴开，
天光云影共徘徊[1]。
问渠[2]那得[3]清如许[4]？
为有源头活水[5]来。

作品赏析

　　《观书有感·其一》所蕴含的道理属于美学原理范畴。全诗意象鲜活，借助池塘水清因有活水注入的现象，比喻要不断接受新事物，才能保持思想的活跃与进步，寓哲理于生动形象的比喻之中，不堕理障，富于理趣，一直为人所传诵。

己亥杂诗·其五

【清】龚自珍

背景介绍

道光十九年（1839年），龚自珍已48岁，他对清朝统治者大失所望，毅然决定辞官，南归故里。在南北往返途中，他有所思，有所感，便用鸡毛写在账簿纸上，投入一个竹筐里。后来共得纸团315枚，作诗315首，写就巨型组诗，即著名的《己亥杂诗》。本文为《己亥杂诗》的第五篇，作者当时愤然辞官，离别亲朋好友，愁肠百结。

诵读示范

浩荡[1]离愁白日斜，
吟鞭东指[2]即天涯[3]。
落红[4]不是无情物，
化作春泥更护花[5]。

小贴士

【1】浩荡：无限。
【2】东指：东方故里。
【3】天涯：指离京都遥远。
【4】落红：落花。花朵以红色者为尊贵，因此落花又称为落红。
【5】花：比喻国家。

作品赏析

《己亥杂诗·其五》前两句抒情叙事，在无限感慨中表现出作者豪放超脱的气概；后两句以落花为喻，表明作者的心志，在形象的比喻中，自然而然地融入探讨。诗人将政治抱负和个人心志融为一体，将抒情和议论有机结合，表达了自己不畏挫折，始终要为国家效力的献身精神。全诗移情于物、形象贴切，构思高明、寓意深刻。

论诗五首·其二

【清】赵翼

背景介绍

生活在清朝的赵翼接触过许多著名的诗词，他倡导创新，反对机械模仿，于是慷慨激昂地写下了这首诗来抒发内心的感情。其中，"江山代有才人出，各领风骚数百年"是广为传诵的名句。

诵读示范

李杜[1]诗篇万口传，
至今已觉不新鲜。
江山代有才人[2]出，
各领风骚[3]数百年。

小贴士

【1】李杜：指李白和杜甫。
【2】才人：有才情的人。
【3】风骚：指《诗经》中的"国风"和屈原的《离骚》。后来把关于诗文写作的事叫作"风骚"。这里指在文学上有成就的"才人"的崇高地位和深远影响。

 **作品赏析**

《论诗五首·其二》的前两句列举出诗歌史上的两位大家，以"李杜诗篇万口传，至今已觉不新鲜"说明即使是李白、杜甫这样的大诗人，其诗作因流传千年，播于众口，也已经不再给人以新鲜感了。后两句阐述以历史发展的眼光来看，各个时代都有独领风骚的人物，但其影响也不过几百年而已。作者认为诗歌应随着时代的变化不断发展，诗人在创作上应求变创新，而不是刻意模仿，跟在古人后面亦步亦趋。

冬官考工记·总叙（节选）

【西周】周公

🫖 背景介绍

周公是西周初期杰出的政治家、军事家、思想家、教育家，被尊为"元圣"、儒学先驱，著有《周礼》及《诗经》《尚书》的部分篇目。《周礼》是未完成的书，原缺《冬官》，汉人取《考工记》补之，以足六篇之数，而仍冠以《冬官》之名。

诵读示范

天有时，地有气，材有美，工有巧，合此四者，然后可以为良[1]。材美工巧，然而不良，则不时，不得地气也。橘逾淮而北为枳，鸲鹆不逾济，貉逾汶则死，此地气然也；郑之刀，宋之斤，鲁之削，吴粤之剑，迁乎其地而弗能为良，地气然也。燕之角，荆之干，妢胡之笴[2]，吴粤之金锡，此材之美者也。天有时以生，有时以杀；草木有时以生，有时以死，石有时以泐，水有时以凝，有时以泽，此天时也。凡攻木之工七，攻金之工六，攻皮之工五，设色之工五，刮摩之工五，抟埴[3]之工二。攻木之工：轮、舆、弓、庐、匠、车、梓；攻金之工：筑、冶、凫、栗、段、桃；攻皮之工：函、鲍、韗、韦、裘；设色之工：画、缋、锺、筐、㡛；刮摩之工：玉、（㮚）、雕、矢、磬；抟埴之工：陶、瓬。

小贴士

【1】然后可以为良：然后可以制作精良的器物。
【2】妢胡之笴：妢胡，古国名。在今安徽阜阳一带。笴，箭杆。
【3】搏埴：拍击黏土。指陶工制坯。

作品赏析

《冬官考工记·总叙》谓："天有时，地有气，材有美，工有巧，合此四者，然后可以为良。材美工巧，然而不良，则不时，不得地气也。"即在天时、地气、材美、工巧四者之中，天时与地气具有基础和根本的地位。人造物与自然关系的辩证认识，反映了当时人们对于自然规律的尊崇。本文既别为一书，则自与《周礼》原书不同。其首为全篇之总叙，其中论百工的分工，则可视为本文的大纲，兹据以略述各类工种的职事。本文所体现的总体规范和设计思想，凝聚了诸多工艺设计的历史经验和思想，成为我们今天了解古代设计思想、制度、造物准则的宝贵资料。

读书有三到

【宋】朱熹

背景介绍

本文出自朱熹的《训学斋规》，朱熹是南宋时期理学大家，又是著名的教育家。他一生大部分时间都在读书和教书，提出过许多精辟的见解。他死后，弟子们将他的读书经验归纳为六条，称为"朱子读书法"[1]，对于今人，仍有启示和借鉴的意义。

诵读示范

凡读书，须要读得字字响亮，不可误一字，不可少一字，不可多一字，不可倒一字，不可牵强暗记，只是要多诵数遍，自然上口，久远不忘。古人云，"读书百遍，其义自见"。谓读得熟，则不待解说，自晓其义也。余尝谓，读书有三到，谓心到、眼到、口到。心不在此[2]，则眼不看仔细，心眼既不专一，却只漫浪[3]诵读，决[4]不能记，记亦不能久也。三到之中，心到最急[5]。心既到矣，眼口岂不到乎？

小贴士

【1】"朱子读书法"六条：循序渐进、熟读精思、虚心涵泳、切己体察、着紧用力、居敬持志。
【2】此：这里。
【3】漫浪：随随便便
【4】决：一定
【5】急：迫切、重要

 **作品赏析**

　　作者将读书"三到"概括精准，心要悟到，眼要看到，口要读到。心悟指思考，只有反复品味，才能理解书中精义；眼要仔细看，才能全面准确地记住知识；嘴要读出声来，以便调动听觉、视觉的综合作用，增强记忆，帮助理解。

　　作者的描述和展开做到了要言不烦、发人深省的效果，本文也因此成为后世读书人的准则。

天工开物·序

——【明】宋应星——

背景介绍

崇祯七年（1634年），宋应星出任江西分宜县教谕（县学教官）。在此期间，他把自己长期积累的生产技术等方面的知识加以总结整理，编著了《天工开物》一书，并在崇祯十年（1637年）刊行，本序主要是阐述作者写作缘由，为全书内容做铺垫的一篇文章。

诵读示范

    天覆地载，物数号万，而事亦因之，曲成而不遗，岂人力也哉？事物而既万矣，必待口授目成而后识之，其与几何？万事万物之中，其无益生人与有益者，各载其半；世有聪明博物者，稠人推焉。乃枣梨之花[1]未赏，而臆度楚萍[2]；釜之范鲜经，而侈谈莒（jǔ）鼎[3]画工好图鬼魅而恶犬马，即郑侨、晋华，岂足为烈[4]哉？

    幸生圣明极盛之世，滇南车马，纵贯辽阳；岭徼官商，横游蓟北。为方万里中，何事何物，不可见见闻闻。若为士而生南宋之季，其视燕、秦、晋、豫方物已成夷产；从互市而得裘帽，何殊肃慎之矢也。且夫王孙帝子，生长深宫，御厨玉粒正香，而欲观耒耜（lěi sì）[5]；尚宫锦衣方剪，而想象机丝。当斯时也，披图一观，如获重宝矣！

年来著书一种，名曰《天工开物》。伤哉贫也！欲购奇考证，而乏洛下之资；欲招致同人，商略赝真，而缺陈思之馆[6]。随其孤陋见闻，藏诸方寸而写之，岂有当哉？吾友涂伯聚先生，诚意动天，心灵格物，凡古今一言之嘉，寸长可取，必勤勤恳恳而契合焉。昨岁《画音归正》，由先生而授梓；兹有复命，复取此卷而继起为之，其亦风缘之所召哉！

卷分前后，乃贵五谷而贱金玉之义，"观众""乐律"二卷，其道太精，自揣非吾事，故临梓删去。丐大业文人，弃掷案头，此书于功名进取，毫不相关也。

时崇祯丁丑孟夏月，奉新宋应星书于家食之问堂。

【1】枣梨之花：代指常见的事物。
【2】楚萍：代指罕见的事物。
【3】莒鼎：莒，春秋小国名。莒鼎，代指稀有的宝器。
【4】为烈：赞美。烈，美盛。
【5】耒耜：古代农具的通称。
【6】陈思之馆：曹植延请文人学士的客舍。曹植封陈王，谥思，故称陈思王。

作品赏析

《天工开物》是明朝工农业生产技术的总结。它包括谷物的种植、收割、加工，植桑、养蚕、种棉、植麻、染料、纺织、染色、制盐、榨糖、砖瓦、陶瓷、钢铁器具、舟车制造，石灰、矾石、硫磺烧制，煤炭开采，植物油榨制，纸张制作，五金采冶，兵器制造，制曲、酿酒，珍珠、宝玉采琢技术。每种生产过程包括应用工具在内均有详细说明，附有插图，适于实用，诚为我国古代科技名著。

在此序，作者记叙了写作本书的宗旨、编写和出版的困难，阐明了解、掌握日常事务的重要性，进而从侧面阐述了本书所具有的独特意义。

综观全文，字字句句，实实在在，刊落了一切空泛无根之言，浮夸矫饰之语，给人以质朴自然、简洁典雅之感，鲜明地体现了作者踏踏实实做学问的精神。这种文风，与全书的内容极为一致，可谓珠联璧合、相得益彰。

推荐诵读

《酬乐天扬州初逢席上见赠》【唐】刘禹锡

《伤寒论·序》【东汉】张仲景

《未来之路（节选）》【美】比尔·盖茨

诵读常识

主题七　发展人格　规划职业生涯

 主题导读

　　我国著名心理学家黄希庭认为:"人格是个体在行为上的内部倾向,它表现为个体适应环境时在能力、情绪、需要、动机、兴趣、态度、价值观、气质、性格和体质等方面的整合。"在进行职业生涯规划时,我们要充分考虑自身人格的特点。只有自身人格和职业匹配的时候,自身的素质才能得到有效提高,职业发展才能进入一个良性的状态。

 思政小课堂

　　《教育部关于深入学习贯彻〈国家职业教育改革实施方案〉的通知》中明确提出:"要鼓励职业院校联合中小学开展劳动和职业启蒙教育。"这既是党的教育方针的一贯要求,也是时代的呼唤和人民的期盼,更是新时代赋予职业教育的历史使命。因此,学校要加强对学生职业生涯规划的启蒙和教育,引导学生树立正确的职业价值观,正确认识时代责任和历史使命,将个人的职业生涯规划和理想追求与国家和社会发展的需要结合起来,在促进学生高质量就业的同时,为推动经济和社会发展作出贡献,为实现中华民族伟大复兴的中国梦作出贡献。

师　说

【唐】韩愈

背景介绍

据清代学者方成珪《昌黎先生诗文年谱》考证，此文作于唐德宗贞元十八年（802年）。中国古代学校教育十分发达，从中央到地方都有官学。韩愈写这篇文章时35岁，任国子监四门博士，是一个"从七品"的学官，虽然职位不高，但在文坛上早已有了名望。 六朝以来，骈文盛行，写文章不重视思想内容，讲求对偶声韵和词句华丽，尽管也产生了一些艺术成就很高的作品，却导致文学创作中浮靡之风泛滥。这种风气直到中唐仍流行不衰。在唐代，韩愈虽然不是第一个提倡"古文"的人，但他是集大成者。无论在文学理论，还是在创作实践上，他都有力地促成了"古文运动"的兴起和发展。

诵读示范

　　古之学者[1]必有师。师者，所以传道受业解惑也。人非生而知之者，孰能无惑？惑而不从师，其为惑也，终不解矣。生乎吾前，其闻[2]道也固先乎吾，吾从而师之；生乎吾后，其闻道也亦先乎吾，吾从而师之。吾师道也，夫庸知其年之先后生于吾乎？是故[3]无贵无贱，无长无少，道之所存，师之所存也。

　　嗟乎！师道之不传也久矣！欲人之无惑也难矣！古之圣人，其出人[4]

也远矣，犹且从师而问焉；今之众人[5]，其下[6]圣人也亦远矣，而耻学于师。是故圣益圣，愚益愚。圣人之所以为圣，愚人之所以为愚，其皆出于此乎？爱其子，择师而教之；于其身也，则耻师焉，惑矣。彼童子之师，授之书而习其句读（dòu）者，非吾所谓传其道解其惑者也。句读之不知，惑之不解，或师焉，或不焉，小学而大遗，吾未见其明也。巫医乐师百工之人，不耻相师[7]。士大夫之族，曰师曰弟子云者，则群聚而笑之。问之，则曰："彼与彼年相若[8]也，道相似也。位卑则足羞，官盛则近谀。"呜呼！师道之不复，可知矣。巫医乐师百工之人，君子[9]不齿[10]，今其智乃反不能及，其可怪也欤！

圣人无常师。孔子师郯（tán）子、苌（cháng）弘、师襄、老聃（dān）。郯子之徒，其贤不及孔子。孔子曰：三人行，则必有我师。是故弟子不必不如师，师不必贤于弟子，闻道有先后，术业有专攻，如是而已。

李氏子蟠（pán），年十七，好古文，六艺经传（zhuàn）皆通习之，不拘于时，学于余。余嘉其能行古道，作《师说》以贻之。

小贴士

【1】学者：求学的人。
【2】闻：听见，引申为知道，懂得。
【3】是故：因此，所以。
【4】出人：超出一般人。
【5】众人：普通人，一般人。
【6】下：不如，名词作动词。
【7】相师：拜别人为师。
【8】年相若：年岁相近。
【9】君子：即上文的"士大夫之族"。
【10】不齿：不屑与之同列，即看不起。或作"鄙之"。

作品赏析

《师说》是韩愈的一篇著名议论文，有着卓越的见解和极强的现实针对性。在本文中，作者列举正反面的事例，层层对比，运用流利畅达的笔触，通过反复论辩，申明了为师的性质与作用，论述了从师的重要意义与正确原则，讽刺了耻于相师的世态，批评了当时普遍存在的不重师道的不良习俗。

敬业与乐业

梁启超

背景介绍

《敬业与乐业》是近代文学家梁启超于1922年8月创作的一篇演讲稿。演讲的对象是上海中华职业学校的学生，演讲旨在向他们说明职业应有"敬业"和"乐业"的态度，以及如何培养"敬业、乐业"的精神。

诵读示范

我这题目，是把《礼记》里头"敬业乐群"和《老子》里头"安其居，乐其业"那两句话，断章取义造出来的。我所说的是否与《礼记》《老子》原意相合，不必深求；但我确信"敬业乐业"四个字，是人类生活的不二法门。

本题主眼，自然是在"敬"字、"乐"字。但必先有业，才有可敬、可乐的主体，理至易明。所以在讲演正文以前，先要说说有业之必要。

孔子说："饱食终日，无所用心，难矣哉！"又说："群居终日，言不及义，好行小慧，难矣哉！"孔子是一位教育大家，他心目中没有什么人不可教诲，独独对于这两种人摇头叹气说道："难！难！"可见人生一切毛病都有药可医，唯有无业游民，虽大圣人碰着他，也没有办法。

唐朝有一位名僧百丈禅师，他常常用一句格言教训弟子，说道："一日不做事，一日不吃饭。"他每日除上堂说法之外，还要自己扫地、擦桌子、洗衣服，直到八十岁，日日如此。有一回，他的门生想替他服务，把他本日应做的工悄悄地都做了，这位言行相顾的老禅师，老实不客气，那一天便绝对地不肯吃饭。

我征引儒门、佛门这两段话，不外证明人人都要有正当职业，人人都要不断地劳作。倘若有人问我："百行什么为先？万恶什么为首？"我便一点不迟疑答道："百行业为先，万恶懒为首。"没有职业的懒人，简直是社会上的蛀米虫，简直是"掠夺别人勤劳结果"的盗贼。我们对于这种人，是要彻底讨伐，万不能容赦的。今日所讲，专为现在有职业及现在正做职业上预备的人——学生——说法，告诉他们对于自己现有的职业应采何种态度。

第一要敬业。敬字为古圣贤教人做人最简易、直捷的法门，可惜被后来有些人说得太精微，倒变了不适实用了。唯有朱子解得最好，他说："主一无适便是敬。"用现在的话讲，凡做一件事，便忠于一件事，将全副精力集中到这事上头，一点不旁骛，便是敬。业有什么可敬呢？为什么该敬呢？人类一面为生活而劳动，一面也是为劳动而生活。人类既不是上帝特地制来充当消化面包的机器，自然该各人因自己的地位和才力，认定一件事去做。凡可以名为一件事的，其性质都是可敬。当大总统是一件事，拉黄包车也是一件事。事的名称，从俗人眼里看来，有高下；事的性质，从学理上解剖起来，并没有高下。只要当大总统的人，信得过我可以当大总统才去当，实实在在把总统当作一件正经事来做；拉黄包车的人，信得过我可以拉黄包车才去拉，实实在在把拉车当作一件正经事来做，便是人生合理的生活。这叫作职业的神圣。凡职业没有不是神圣的，所以凡职业没有不是可敬的。唯其如此，所以我们对于各种职业，没有什么分别拣择。总之，人生在世，是要天天劳作的。劳作便是功德，不劳作便是罪恶。至于我该做哪一种劳作，全看我的才能如何，境地如何。

因自己的才能、境地，做一种劳作做到圆满，便是天地间第一等人。

怎样才能把一种劳作做到圆满呢？唯一的秘诀就是忠实，忠实从心理上发出来的便是敬。《庄子》记佝偻丈人承蜩的故事，说道："虽天地之大，万物之多，而唯吾蜩翼之知。"凡做一件事，便把这件事看作我的生命，无论别的什么好处，到底不肯牺牲我现做的事来和他交换。我信得过我当木匠的做成一张好桌子，和你们当政治家的建设成一个共和国家同一价值；我信得过我当挑粪的把马桶收拾得干净，和你们当军人的打胜一支压境的敌军同一价值。大家同是替社会做事，你不必羡慕我，我不必羡慕你。怕的是我这件事做得不妥当，便对不起这一天里头所吃的饭。所以我做这事的时候，丝毫不肯分心到事外。曾文正说："坐这山，望那山，一事无成。"一个人对于自己的职业不敬，从学理方面说，便亵渎职业之神圣；从事实方面说，一定把事情做糟了，结果自己害自己。所以敬业主义，于人生最为必要，又于人生最为有利。庄子说："用志不分，乃凝于神。"孔子说："素其位而行，不愿乎其外。"我说的敬业，不外这些道理。

第二要乐业。"做工好苦呀！"这种叹气的声音，无论何人都会常在口边流露出来。但我要问他："做工苦，难道不做工就不苦吗？"今日大热天气，我在这里喊破喉咙来讲，诸君扯直耳朵来听，有些人看着我们好苦；翻过来，倘若我们去赌钱去吃酒，还不是一样在淘神费力？难道又不苦？须知苦乐全在主观的心，不在客观的事。人生从出胎的那一秒钟起到绝气的那一秒钟止，除了睡觉以外，总不能把四肢、五官都搁起不用。只要一用，不是淘神，便是费力，劳苦总是免不掉的。会打算盘的人，只有从劳苦中找出快乐来。我想天下第一等苦人，莫过于无业游民，终日闲游浪荡，不知把自己的身子和心摆在哪里才好，他们的日子真难过。第二等苦人，便是厌恶自己本业的人，这件事分明不能不做，却满肚里不愿意做。不愿意做逃得了吗？到底不能。结果还是皱着眉头，哭丧着脸去做。这不是专门自己替自己开玩笑吗？我老实告诉你一句话："凡职业都是有趣味的，只要你肯继续做下去，趣味自然会发生。"为什么呢？

第一，因为凡一件职业，总有许多层累、曲折，倘能身入其中，看它变化、进展的状态，最为亲切有味。第二，因为每一职业之成就，离不了奋斗；一步一步奋斗前去，从刻苦中得快乐，快乐的分量加增。第三，职业性质，常常要和同业的人比较骈进，好像赛球一般，因竞胜而得快乐。第四，专心做一职业时，把许多游思、妄想杜绝了，省却无限闲烦闷。孔子说："知之者不如好之者，好之者不如乐之者。"人生能从自己职业中领略出趣味，生活才有价值。孔子自述生平，说道："其为人也，发愤忘食，乐以忘忧，不知老之将至云尔。"这种生活，真算得人类理想的生活了。

演讲

演讲是指以口语表达的方式面对听众，就某一问题发表自己的观点，阐述某一事理的活动。

演讲时应注意以下几个方面的要求：

（1）认清对象，认清环境场合，确立主旨，即要有针对性；

（2）思路清晰，节奏明快；

（3）感情充沛，例证动人；

（4）语言准确，形象生动。

我生平最受用的有两句话：一是"责任心"，二是"趣味"。我自己常常力求这两句话之实现与调和，又常常把这两句话向我的朋友强聒不舍。今天所讲，敬业即是责任心，乐业即是趣味。我深信人类合理的生活总该如此，我盼望诸君和我一同受用！

作品赏析

《敬业与乐业》全文可分为三个部分。第一部分提出问题，揭示全篇论述中心——敬业和乐业。第二部分论述敬业和乐业的重要性：有业之必要，敬业之重要，乐业之重要。第三部分总结全文，勉励学生敬业乐业。全文主旨鲜明，层次清晰，语言通俗，文短意长。

职　业

【印度】泰戈尔

郑振铎　译

🫖 背景介绍

《职业》出自泰戈尔1903年出版的英文诗集《新月集》，与其许多英文诗集一样，也是译自泰戈尔以前的孟加拉文诗歌。当时，泰戈尔中年失妻丧子，其心情可想而知。他在山区陪女儿一边养病一边医治心灵创伤，全身心都放在为失去母爱的孩子补偿亲情上。因此，在他的诗中充满了儿童的生活情趣。《新月集》被认为是世界文学中无与伦比的艺术珍品，也深受我国数代读者的喜爱。

早晨，钟敲十下的时候，我沿着我们的小巷到学校去。

每天我都遇见那个小贩，他叫道："镯子呀，亮晶晶的镯子！"

他没有什么事情急着要做，他没有哪条街道一定要走，他没有什么地方一定要去，他没有什么规定的时间一定要回家。

我愿意我是一个小贩，在街上过日子，叫着："镯子呀，亮晶晶的镯子！"

下午四点钟，我从学校里回家。

从一家门口，我看见一个园丁在那里掘地。

他用他的锄子,要怎么掘,便怎么掘,他被尘土污了衣裳。如果他被太阳晒黑了或是身上被打湿了,都没有人骂他。

我愿意我是一个园丁,在花园里掘地,谁也不来阻止我。

天色刚黑,妈妈就送我上床。

从开着的窗口,我看见更夫走来走去。

小巷又黑又冷清,路灯立在那里,像一个头上生着一只红眼睛的巨人。

更夫摇着他的提灯,跟他身边的影子一起走着,他一生一次都没有上床去过。

我愿意我是一个更夫,整夜在街上走,提了灯去追逐影子。

从表面看来,《职业》一文中的诗句没有严格的韵律,没有"大珠小珠落玉盘"般的铿锵可诵,只似一道亮丽流畅的清泉。而这道清泉是活泼跳跃、回旋婉转、滚动着许多水珠的。全诗分为三个诗节,节与节之间的空白处似有微微的叹息声透出,含着无奈的幽忧与远近飘忽的渴慕,与《诗经》中的"一唱三叹"有异曲同工之妙。

作品赏析

《职业》全文通过小孩的视角看职业,旨在培养孩子热爱生活、甘于奉献、在平凡的工作中发现美的职业观。泰戈尔认为职业没有高低贵贱之分,只有情愿与否和是否为人们带来美好感受的区别。要选择能令自己感到自由、快乐、热爱并能为人们奉献的职业。

习惯成自然

叶圣陶

 **背景介绍**

《习惯成自然》是现代作家、教育家、文学出版家和社会活动家叶圣陶创作的一篇散文。叶圣陶先生十分重视少年儿童良好习惯的培养。他认为教育就是养成良好的行为习惯,为此专门创作了本文。

诵读示范

"习惯成自然",这句老话很有意思。

我们走路为什么总是左脚往前,右脚往前,两只胳膊跟着动荡,保持身体的均衡,不会跌倒在地上?我们说话,为什么总是依照心里的意思,先一句,后一句,一直连贯下来,把要说的都说明了?因为我们从小习惯了走路,习惯了说话,而且"成自然"了。什么叫作"成自然"?就是不必故意费什么心,仿佛本来就像那样子的意思。

走路和说话是我们最需要的两种基本能力。推广开来,无论哪一种能力,要达到了习惯成自然的地步,才算是我们有了那种能力。不达到习惯成自然的地步,勉勉强强地做一做,那就算不得我们有了那种能力。如果连勉勉强强做一做都不干,当然更说不上我们有了那种能力了。

听人家说对于样样事物要仔细观察,才能懂得明白,心里相信这个话很有道理。这时，并不是我们就有了观察的能力。听人家说劳动是人人应做的事，一切的生活资料，一切的文明文化，都从劳动产生出来，心里相信这个话很有道理。这时，并不是我们就有了劳动的能力。听人家说读书是充实自己的一个重要法门，书本里包含着古人今人的经验，读书就是向许多古人今人学习，心里相信这个话很有道理。这时，并不是我们就有了读书的能力。听人家说必须做个好公民，现在是民主时代，个个公民尽责守分，才能有个好秩序，成个好局面，自己幸福，大家幸福，心里相信这个话很有道理。这时，并不是我们就有了做好公民的能力。

这样说下去是说不完的，就此打住，不再列举吧。

要有观察的能力，必须真的用心去观察。要有劳动的能力，必须真的动手去劳动。要有读书的能力，必须真的去把书本打开。要有做好公民的能力，必须真的去做公民应做的一切事情。在相信人家的话很有道理的时候，只是个"知"罢了，"知"比"不知"似乎好些，但仅仅是"知"，实际上与"不知"并无两样。到了真的去观察去劳动去读书的时候，"知"才会渐渐化为我们的习惯，习惯成自然，才是我们的能力。

通常说某人能力不强，就是某人没有养成多少习惯的意思。譬如说张三记忆力不强，就是张三没有把看见的听见的一些事物好好记住的习惯。譬如说李四发表力不强，就是李四没有把自己的思想和感情说出来写出来的习惯。

习惯养成的愈多，那个人的能力愈强。我们做人做事，需要种种能力，所以最要紧的是养成种种习惯。

养成习惯，换个说法，就是教育。教育不限于学校，也不限于读书。学校教育只是教育的一部分，读书这门事也只是教育的一部分。我们在学校里受教育，目的在养成习惯，增强能力。我们离开了学校，仍然要从种种方面受教育，并且要自我教育，目的还是在养成习惯，增强能力。习惯越自然越好，能力越增强越好，孔子一生"学而不厌"，就是看透了这个道理。

小贴士

在叶圣陶看来，养成各种各样的好习惯，是教育的终极目的。生活、工作中的好习惯，都是能力的体现。养成的好的习惯越多，能力就越强。"习惯习惯"，一定是从"习"中养成的，即通过不断操作实践做出来的，而不是说出来的。

作品赏析

《习惯成自然》全文可分为三个部分，第一部分开门见山地提出"习惯成自然"的话题，以走路和说话为例，阐释"习惯成自然"的内涵，并强调这是一种能力。第二部分列举事例，指出养成习惯，贵在躬行实践。第三部分指明受教育的目的就在于要养成好习惯。全文逻辑清晰，层次分明，结构严谨。

青年在选择职业时的考虑

【德】马克思

中共中央编译局 译

背景介绍

马克思1818年出生于德国普鲁士莱茵兰省（属于德国莱茵兰-普法尔茨州）的特利尔市，1830年进入特利尔中学，在那里度过了五年时光。马克思成长在一个比较开明的家庭，从小受到法国启蒙思想的教育。1835年8月12日毕业考试时，他写了一篇德语作文《青年在选择职业时的考虑》。此文第一次发表于1925年莱比锡版《社会主义和工人运动史文库》第11年卷，在我国被收入1982年人民出版社出版的《马克思恩格斯全集》第40卷，第3—7页。

诵读示范

　　自然本身给动物规定了它应该遵循的活动范围，动物也就安分地在这个范围内活动，不试图越出这个范围，甚至不考虑有其他什么范围的存在。神也给人指定了共同的目标——使人类和他自己趋于高尚，但是，神要人自己去寻找可以达到这个目标的手段；神让人在社会上选择一个最适合于他、最能使他和社会都得到提高的地位。

　　能有这样的选择是人比其他生物远为优越的地方，但是这同时也是可能毁灭人的一生、破坏他的一切计划并使他陷于不幸的行为。因此，认真地考虑这种选择——这无疑是开始走上生活道路而又不愿拿自己最重要的事业去碰运气的青年的首要责任。

每个人眼前都有一个目标，这个目标至少在他本人看来是伟大的，而且如果最深刻的信念，即内心深处的声音，认为这个目标是伟大的，那他实际上也是伟大的，因为神绝不会使世人完全没有引导；神总是轻声而坚定地作启示。

但是，这声音很容易被淹没；我们认为是灵感的东西可能须臾而生，同样可能须臾而逝。也许，我们的幻想油然而生，我们的感情激动起来，我们的眼前浮想联翩，我们狂热地追求我们以为是神本身给我们指出的目标；但是，我们梦寐以求的东西很快就使我们厌恶——于是我们的整个存在也就毁灭了。

因此，我们应当认真考虑：所选择的职业是不是真正使我们受到鼓舞？我们的内心是不是同意？我们受到的鼓舞是不是一种迷误？我们认为是神的召唤的东西是不是一种自欺？但是，不找出鼓舞的来源本身，我们怎么能认清这些呢？

伟大的东西是光辉的，光辉则引起虚荣心，而虚荣心容易给人鼓舞或者是一种我们觉得是鼓舞的东西；但是，被名利弄得鬼迷心窍的人，理智已无法支配他，于是他一头栽进那不可抗拒的欲念驱使他去的地方；他已经不再自己选择他在社会上的地位，而听任偶然机会和幻想去决定它。

我们的使命绝不是求得一个最足以炫耀的职业，因为它不是那种使我们长期从事而始终不会感到厌倦、始终不会松动、始终不会情绪低落的职业，相反，我们很快就会觉得，我们的愿望没有得到满足，我们的理想没有实现，我们就将怨天尤人。

但是，不只是虚荣心能够引起对这种或那种职业突然的热情。也许，我们自己也会用幻想把这种职业美化，把它美化成人生所能提供的至高无上的东西。我们没有仔细分析它，没有衡量它的全部力量，即它让我们承担的重大责任；我们只是从远处观察它，然而从远处观察是靠不住的。

在这里，我们自己的理智不能给我们充当顾问，因为它既不是依靠经验，也不是依靠深入的观察，而是被感情欺骗，受幻想蒙蔽。然而，我们的目光应该投向哪里呢？在我们丧失理智的地方，谁来支持我们呢？

是我们的父母，他们走过了漫长的生活道路，饱尝了人世的辛酸。——我们的心这样提醒我们。

如果我们通过冷静的研究，认清所选择的职业的全部力量，了解它的困难以后，我们仍然对它充满热情，我们仍然爱它，觉得自己适合它，那时我们就应该选择它，那时我们既不会受热情的欺骗，也不会仓促从事。

但是，我们并不能总是能够选择我们自认为适合的职业；我们在社会上的关系，还在我们有能力对它们起决定性影响以前就已经在某种程度上开始确立了。

我们的体质常常威胁我们，可是任何人也不敢藐视它的权利。

诚然，我们能够超越体质的限制，但这么一来，我们也就垮得更快；在这种情况下，我们就是冒险把大厦筑在松软的废墟上，我们的一生也就变成一场精神原则和肉体原则之间的不幸的斗争。但是，一个不能克服自身相互斗争的因素的人，又怎能抗拒生活的猛烈冲击，怎能安静地从事活动呢？然而只有从安静中才能产生伟大壮丽的事业，安静是唯一生长出成熟果实的土壤。

尽管我们由于体质不适合我们的职业，不能持久地工作，而且工作起来也很少乐趣，但是，为了恪尽职守而牺牲自己幸福的思想激励着我们不顾体弱去努力工作。如果我们选择了能力不能胜任的职业，那么我们绝不能把它做好，我们很快就会自愧无能，并对自己说，我们是无用的人，是不能完成自己使命的社会成员。由此产生的必然结果就是妄自菲薄。还有比这更痛苦的感情吗？还有比这更难于靠外界的赐予来补偿的感情吗？妄自菲薄是一条毒蛇，它永远啮噬着我们心灵，吮吸着其中滋润生命的血液，注入厌世和绝望的毒液。

如果我们错误地估计了自己的能力，以为能够胜任经过周密考虑而选定的职业，那么这种错误将使我们受到惩罚。即使不受到外界指责，我们也会感到比外界指责更为可怕的痛苦。

如果我们把这一切都考虑过了，如果我们生活的条件容许我们选择任何一种职业，那么我们就可以选择一种能使我们最有尊严的职业；选择一种建立在我们深信其正确的思想上的职业；选择一种能给我们提供广阔场所来为人类进行活动、接近共同目标（对于这个目标来说，一切职业只不过是手段）即完美境地的职业。

尊严就是最能使人高尚起来、使他的活动和他的一切努力具有崇高品质的东西，就是使他无可非议、受到众人钦佩并高出于众人之上的东西。

但是，能给人以尊严的只有这样的职业，在从事这种职业时我们不是作为奴隶般的工具，而是在自己的领域内独立地进行创造；这种职业不需要有不体面的行动（哪怕只是表面上不体面的行动），甚至最优秀的人物也会怀着崇高的自豪感去从事它。最合乎这些要求的职业，并不一定是最高的职业，但总是最可取的职业。

但是，正如有失尊严的职业会贬低我们一样，那种建立在我们后来认为是错误的思想上的职业也一定使我们感到压抑。

这里，我们除了自我欺骗，别无解救办法，而以自我欺骗来解救又是多么糟糕！

那些不是干预生活本身，而是从事抽象真理研究的职业，对于还没有坚定的原则和牢固、不可动摇的信念的青年是最危险的。同时，如果这些职业在我们心里深深地扎下了根，如果我们能够为它们的支配思想牺牲生命、竭尽全力，这些职业看来似乎还是最高尚的。

这些职业能够使才能适合的人幸福，但也必定使那些不经考虑、凭一时冲动就仓促从事的人毁灭。

相反，重视作为我们职业的基础的思想，会使我们在社会上占有较高的地位，提高我们本身的尊严，使我们的行为不可动摇。

一个选择了自己所珍视的职业的人，一想到他可能不称职时就会战战兢兢——这种人单是因为他在社会上所居地位是高尚的，他也就会使自己的行为保持高尚。

在选择职业时，我们应该遵循的主要指针是人类的幸福和我们自身的完美。不应认为，这两种利益是敌对的，互相冲突的，一种利益必须消灭另一种的；人类的天性本来就是这样的：人们只有为同时代人的完美、为他们的幸福而工作，才能使自己也达到完美。

如果一个人只为自己劳动，他也许能够成为著名的学者、大哲人、卓越诗人，然而他永远不能成为完美无疵的伟大人物。

历史承认那些为共同目标劳动因而自己变得高尚的人是伟大人物；经验赞美那些为大多数人带来幸福的人是最幸福的人；宗教本身也教诲我们，人人敬仰的理想人物，就曾为人类牺牲了自己——有谁敢否定这类教诲呢？

如果我们选择了最能为人类福利而劳动的职业，那么，重担就不能把我们压倒，因为这是为大家而献身；那时我们所感到的就不是可怜的、有限的、自私的乐趣，我们的幸福将属于千百万人，我们的事业将默默地但是永恒发挥作用地存在下去，面对我们的骨灰，高尚的人们将洒下热泪。

卡尔·马克思写于1835年8月12日。

《青年在选择职业时的考虑》一文虽然其中有部分思想并不成熟，但在研究马克思主义发展史的过程中具有一定的意义和价值。我们可以在文中找到许多马克思主义思想萌芽的原点。同时，本文也给予了现代青年人有关择业的思考和启示。因此，《青年在选择职业时的考虑》在当代不仅具有学术研究价值，同时具有很强的现实意义。

作品赏析

《青年在选择职业时的考虑》一文中，作者以优美的文笔，深刻的思考，缜密的语言，严谨的推理，产生了振奋人心的力量。文中所表述的一些见解和许多哲理性的语句都深入实际，给人启迪。尽管这篇文章已经时隔一个多世纪，但其中蕴含的关于择业方面的丰富思想，至今仍然熠熠闪光，值得我们细细品味与研究。

题弟侄书堂

【唐】杜荀鹤

 背景介绍

　　《题弟侄书堂》是唐代诗人杜荀鹤为侄子的书堂所题的一首七言律诗，目的是勉励侄儿珍惜光阴，勤奋学习。全诗谆谆教诲，危言警示，不要在怠惰中浪费光阴，并说明了一个从量变到质变的辩证道理。

诵读示范

何事居穷道不穷[1]，
乱时还与静时同。
家山[2]虽在干戈地，
弟侄常修礼乐风。
窗竹影摇书案[3]上，
野泉声入砚池中。
少年辛苦终身事，
莫向光阴惰[4]寸功。

小贴士

【1】居穷道不穷：处于穷困之境仍要注重修养。
【2】家山：家乡的山，这里代指故乡。
【3】案：几案。
【4】惰：懈怠。

 **作品赏析**

　　本诗语言通俗浅近，平易自然。通读全诗，没有一处难解字句，质朴之至，仿佛从诗人心中自然流出，毫无半点雕琢痕迹。诗句情景交融、自然晓畅。这首诗的现实主义创作方法是杜荀鹤作品的一个显著艺术特征。

傅雷家书（节选）

傅雷

 背景介绍

傅雷是我国著名的文学翻译家、作家、美术评论家，同时他也是一位严厉、尽责的父亲。《傅雷家书》是以他和妻子写给儿子的书信编纂而成的一本集子。书中摘编了傅雷夫妇1954—1966年的186封书信，其中最长的一封信长达7000多字。

诵读示范

1956年10月3日

亲爱的孩子，你回来了，又走了；许多新的工作，新的忙碌，新的变化等着你，你是不会感到寂寞的；我们却是静下来，慢慢地恢复我们单调的生活，和才过去的欢会与忙乱对比之下，不免一片空虚——昨儿整整一天若有所失。孩子，你一天天地在进步，在发展：这两年来你对人生和艺术的理解又跨了一大步，我愈来愈爱你了，除了因为你是我们身上的血肉所化出来的而爱你以外，还因为你有如此焕发的才华而爱你；正因为我爱一切的才华，爱一切的艺术品，所以我也把你当作一般的才华（离开骨肉关系），当作一件珍贵的艺术品而爱你。你得千万爱护自己，爱护我们所珍视的艺术品！遇到任何一件出入重大的事，你得想到我们——连你自己在内——对艺术的爱！不是说你应当时时刻刻想到自己了不起，而是

说你应当从客观的角度重视自己：你的将来对中国音乐的前途有那么重大的关系，你每走一步，无形中都对整个民族艺术的发展有影响，所以你更应当战战兢兢，郑重将事！随时随地要准备牺牲目前的感情，为了更大的感情——对艺术对祖国的感情。你用在理解乐曲方面的理智，希望能普遍地应用到一切方面，特别是用在个人的感情方面。我的园丁工作已经做了一大半，还有一大半要你自己来做了。爸爸已经进入人生的秋季，许多地方都要逐渐落在你们年轻人的后面，能够帮你的忙将要越来越减少；一切要靠你自己努力，靠你自己警惕，自己鞭策。你说到技巧要理论与实践结合，但愿你能把这句话用在人生的实践上去；那么你这朵花一定能开得更美，更丰满，更有力，更长久！

  谈了一个多月的话，好像只跟你谈了一个开场白。我跟你是永远谈不完的，正如一个人对自己的独白是终身不会完的。你跟我两人的思想和感情，不正是我自己的思想和感情吗？清清楚楚的，我跟你的讨论与争辩，常常就是我跟自己的讨论与争辩。父子之间能有这种境界，也是人生莫大的幸福。除了外界的原因没有能使你把假期过得像个假期以外，连我也给你一些小小的不愉快，破坏了你回家前的对家庭的期望。我心中始终对你抱着歉意。但愿你这次给我的教育(就是说从和你相处而反映出我的缺点)能对我今后发生作用，把我自己继续改造。尽管人生那么无情，我们本人还是应当把自己尽量改好，少给人一些痛苦，多给人一些快乐。说来说去，我仍抱着"宁天下人负我，毋我负天下人"的心愿。我相信你也是这样的。

傅雷给儿子写的信的作用有以下几种：
（1）讨论艺术；
（2）激发青年人的感想；
（3）训练傅聪的文笔和思想；
（4）做一面忠实的"镜子"。

作品赏析

《傅雷家书》不仅是一本父母苦心孤诣、呕心沥血的教子之篇，也是一本艺术学徒的修养读物。本文字里行间充满了傅雷对儿子的挚爱、期望以及对国家和世界的高尚情感。

推荐诵读

《生于忧患，死于安乐》【先秦】孟子

《论语·为政》【先秦】孔子

《望洞庭湖赠张丞相》【唐】孟浩然

《下第后上永崇高侍郎》【唐】高蟾

诵读常识

参 考 文 献

［1］马克思，恩格斯.马克思恩格斯全集：全50卷［M］.北京：人民出版社，1956.
［2］李鸿然.中国当代少数民族文学史论［M］.昆明：云南教育出版社，2005.
［3］纳·赛音朝克图.纳·赛音朝克图诗选［M］.呼和浩特：内蒙古人民出版社，2009.
［4］袁行霈.中国诗歌艺术研究［M］.北京：北京大学出版社，2009.
［5］叶烨，刘学.大学语文阅读审美教程［M］.长沙：中南大学出版社，2014.
［6］黄美玲.大学语文［M］.北京：北京大学出版社，2016.
［7］杨大荣.晨读百篇（第一册）［M］.南京：南京大学出版社，2016.
［8］崔永丽，李玉玉，彭优.应用文写作实训教程［M］.上海：上海交通大学出版社，2018.
［9］杨希英.新编大学语文［M］.北京：国家行政学院出版社，2019.
［10］郭绍虞，王文生.中国历代文论选［M］.上海：上海古籍出版社，2019.
［11］泰戈尔.新月集［M］.郑振铎，译.北京：应急管理出版社，2023.